処刑少女の生きる道《バージンロード》5
―約束の地―

佐藤真登
Story by Sato Mato
イラスト ニリツ
Art by Nilitsu

処刑少女の生きる道《バージンロード》5
ー約束の地ー

目次

Prologue プロローグ

一章 聖地侵入

二章 聖地動乱

三章 聖地激動

四章 聖地消沈

五章 塩の大地

Epilogue エピローグ

Contents

Story by Sato Mato　Art by Nilitsu

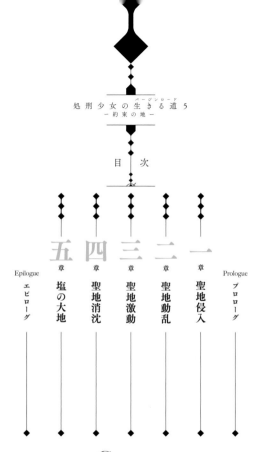

サハラ（幼少期）
処刑人
候補。

処刑少女の生きる道《バージンロード》5

―約束の地―

佐藤真登

GA文庫

カバー・口絵・本文イラスト
ニリツ

久しぶりに、夢を見た。

日本の行ってもいない学校の教室の夢だ。

着ている制服は、みんな違う。学ランだったり、ブレザーだったり、セーラー服だったり、制服というわりにはてんでバラバラで不揃いなのに、なんでか違和感がない。

なによりおかしいのは自分の格好で、神官服なんてものを着ている。

学校で、なんでそんなコスプレじみた格好をしているのか。不思議に思うべきなのに、誰《だれ》も指摘をしない。

クラスにいる友達のみんなと笑顔で会話をしていると、学ランの少年が気楽な口調で聞いてきた。

なあ、あの子は、いつ来るんだよ。

あの子。問われた人物が誰かわからずに、小首を傾《かし》げる。

ほら、あそこの子。

彼が指さした先を見ると、一つだけ、ぽっかりと空いた席があった。

近寄ってみると、机には花が置いてあった。白い布で造られた、単純な造花だ。

ここにいるべきなのは、誰か。

うん。

微笑《ほほえ》んで、答える。

もうすぐ、連れてくるわ。

自分と、一緒に。

そこで紹介しよう。

その子とはとても仲がよくて、二人の間に秘密なんてないような間柄だ。相手が笑えば自分が嬉《うれ》しく、自分が嬉しければ相手も嬉しい。自分は相手の悲しい過去を知っていて、相手も自分の悔しかった過去を知っていて、だからこそお互い認め合っている。

そんな親友なのだと、授業が始まるのを待ちながら夢の中で歓談を続けた。

＊＊＊

大陸の西のかなた。聖地にそびえる大聖堂の、その奥の奥。

余人の入ることのできない内陣で第一身分《ファウスト》の頂点、大司教エルカミは膝《ひざ》をついて、祈りの姿勢をとる。

「世界の救世主にして、文明の復興者。我らが偉大なる『主』よ。あなた様のご帰還の儀、滞りなく進んでおります」

教典を置くと、導力の文字がつづられる。

通信魔導だ。

エルカミはそれを読み取り、震える。

――近々、四大人災《ヒューマン・エラー》の封が解ける。

四大人災《ヒューマン・エラー》の封印。

少し前に、小指が放たれただけで各地で無視できない被害が広がっている。その封印が解ければどうなるのか。

西はいい。最大にして最高最速であった偉大な純粋概念【龍】は完全に討滅され、真っ白な塩となった。彼を滅ぼした『塩の剣』は第一身分《ファウスト》によって厳重に管理されている。逆に管理者を失くした龍脈は不定期に竜害と呼ばれる現象を起こすようになったが、名残でしかない災害は許容範囲内に収まっている。北の【星】に至ってはなんの問題も起きていない。

だが東と南は、人災《ヒューマン・エラー》そのものが生き続けている。

不意に様子を見守る聖像の一つが、けらけらと笑い始めた。

ここに並んでいるのは、ただの聖像ではない。教会に置いてある祭壇と同じく、超距離の通信を可能とする導器だ。

どこからか、通信をつないだ人物が気安くエルカミに語り掛けてくる。

『おぬしも大変だのう。【使徒《エルダー》】になってまで奴のご機嫌取りとは、健気なことじゃ』

あからさまな揶揄《やゆ》だ。エルカミはなにも言わずに、黙殺する。

しかし相手はひるむこともなく言葉を続ける。ここに通信をつなげるのは【使徒《エルダー》】だけだ。

『妾《わらわ》は動けぬ身じゃ。会話を楽しむくらいよかろう？　はよう口をきけ』

口調が、変わっている。声も知っている者とは違う。だが間違いない。

「……【防人】か。グリザリカ王国はいいのか？」

『ああ、掃除は終わった。まったく、奴の弟子もいいタイミングでオーウェルを殺してくれたものだよ。時間の繰り返し様様じゃな。あとは旅を経て一段と成長しておろう愛しの妹の帰還を待つだけじゃ』

オーウェルが死んだ。

同じく大司教の座にいた聖職者の死は、少なからぬ感傷をエルカミに与えていた。

『おぬしはせいぜい奉仕してやれ、【魔法使い】。妾は妾で忙しいでな』

言うだけ言い捨てて、通信が切れる。自分勝手な有様に、腹から怒りが湧いた。

「どいつもこいつも……！」

苛立《いらだ》たしい。なにもかもが苛立たしい。

大司教エルカミ。彼女には、信じるものはなくなった。【使徒《エルダー》】になった瞬間から、なにもかもが彼女の敵だ。

それでも彼女は気炎を吐き続ける。

「あの世で見ていろよ、オーウェル」

先に退場した、【使徒《エルダー》】にはなれなかった同胞に告げる。

「世界は、これからだ」

一章

聖地侵入

　雨が降っていた。

　まだ地平線から日が昇り始めたばかりの時間帯。しどけなく雨を垂れ流す雲を突き破る陽光は薄く、朝もやと相まって視界が悪い。霧が糸を引いて落下しているような細い雨粒が体を濡《ぬ》らす中、神官の少女が黙々と歩いていた。

　雨よけの外套《がいとう》の下にある神官服の色は白。正式な神官の補佐に就いていることを示している。巡礼と修業を兼ねて、大陸各地を放浪する神官は多くいる。雨に濡れるのを防ぐために外套のフードを被っていることもあって、少女の着ているのが通常の神官服のままだったら、外見で個人を特定するのは難しかっただろう。

　だが彼女の神官服には特徴的なほど大胆な改造が施されていた。

　本来ならば清楚なつくりの神官服の裾《すそ》丈を太ももの半ば以上にぐいっと引き上げて、かわいらしさたっぷりのフリルに縫い直している。ミニスカートとなった神官服からすらりと伸びた健康的な太ももは、黒タイツで覆《おお》われている。こんな格好をしている第一身分《ファウスト》となれば、大陸広しといえ一人しかいない。

メノウの忠実なしもべを自称してはばからない神官補佐、モモである。

「……うっとうしい雨です」

彼女は十四歳という年相応に幼い顔をちらりと上げて、雨を降らせる雲の様子をうかがう。

昨夜から雲の流れが悪いと危惧《きぐ》していたが、当たってほしくない予想ほど当たるものだ。夜明け前にはすでに白よりも黒寄りだった重い雲から、ため込まれた雨が吐き出され始めていた。

徒歩の行程に、雨は試練である。

石畳などで整備された街中とは違い、舗装のない地面は泥となって足元をぬかるませる。降りかかる雨粒は服をずぶぬれにして、容赦なく体温を奪っていく。体力的なことだけではない。降りしきる雨音は、周囲の気配を紛《まぎ》らわせてしまう。冒険者崩れの盗賊や魔物に魔導兵。危険度の高い敵対者の接近の察知が常より鈍ることになるのだ。

雨天の行進の難易度は青天の比ではなくなる。

文明なき未開拓領域に足を踏み入れる旅人の中に、たかが雨などと天候を侮る者はいない。多くの旅人が顔をしかめ、あるいは出立を見送ることもある天気でありながら、モモはこの雨を天恵だと捉《とら》えていた。

降りしきる雨音は、人の気配を隠すのに打ってつけだ。身を隠すのに有利になるそれは、逃亡にも利点があることを意味する。

モモは雨が降り始めると同時に支度《したく》を整え、雨音にまぎれて巡礼宿から出発した。

この悪天候の中、あえて急ぐ理由も忍ぶ理由もモモにはあった。

メノウと別行動を決めた山間の温泉街を出立して一人旅を始めてからずっと、聖地に向かうモモを付け回す悪質なストーカーがいるのだ。

「……ちッ！」

追いかけてくる相手の顔が想起され、かわいらしい顔に似合わない激しい舌打ちが漏《も》れる。

文明の営みのない未開拓領域では犯罪を取り締まるための騎士がいないため、悪質な犯罪がのさばることも多い。人攫《ひとさら》いにご禁制の物品が売り買いされる取引現場、禁忌魔導の研究に没頭する罪人など、国家領域では禁止されているありとあらゆる悪徳がはびこっている。

たとえ禁忌に手を染める犯罪者であっても第一身分《ファウスト》の神官にちょっかいをかけようという人間は少ない。むしろ後ろ暗い立場だからこそ取り締まる権利を持つ神官などは敬遠するのだが、何事にも例外に属する人間はいる。

いまモモを付け回している人間など、その例外の筆頭だ。

「あれは、ほんっとうに……！」

いらいらとした悪態が自然と口から漏れ出る。思い出すこと自体が精神衛生上よろしくないと頭を振って追跡者の顔を思考から追い出した。

さっさと振り切ろうと夜間と雨天という強行軍に出たのだが、モモは数時間してすぐに追っ手の気配を野生の勘でとらえた。どうやら向こうも雨など気に留めずにいるらしい。ペースを落とさない強靭な肉体を持っている。

このままでは追いつかれる。進行速度で自分が劣っていることを察したモモは、相手を嵌《は》め殺すための姦計《かんけい》を巡らせる。

ちらりと後ろを振り返る。

雨をしみこませて泥となった道には、はっきりとモモの足跡が残っている。早朝の雨天とあってか、他の通行者もいないためによく目立った。追跡者も、これを見て追ってくるだろう。ならば相手の思考を逆手に取る。慎重に、自分の足跡に合わせながら後ろ足でバックをする。そうして、五十歩ほど。道のわきに、いい感じに雨を遮《さえぎ》る木が生えていた。

「これでいいですねっと」

モモはスカートのフリルに手を入れ、仕込んでいた糸鋸を取り出す。魔導の発動媒体になる紋章を刻んだ武器だ。

モモは鞭《むち》を振るう要領でワイヤーのようにしなる糸鋸を脇《わき》に生えている木の枝に絡《から》みつけた。

二度、三度引いて、自分の体重を支えられるか確認。多少しなるがぶら下がっても枝が折れることはないと判断して、慎重に体を浮かせる。そのまま腕の力だけですするすると登り樹木の上に到着した。

途中、視線を落とす。足跡に乱れはない。成功だ。

「……んっ、さすがです、私」

樹木の枝に乗ったモモは、自分が歩いていた道を注視する。

残る足跡は自分のものだけだ。後ろに下がる時に自分の足跡と合わせてバックしたため、先を追えば途中で忽然《こつぜん》と足跡が消えたように見える。

道に残る足跡は偽装工作だ。バックトラックと呼ばれる野生の動物ですら行う単純なかく乱技術だが、有効であるからこそ使われている。樹木に飛び移る時も足跡が乱れないように気を遣ったため見抜くのは難しいはずだ。

このまま道を外れて別ルートを行くのも手だが、モモはあえてその場に潜んだ。

追ってくる人物が途切れた足跡を見て戸惑う一瞬の隙《すき》を突いて、殺《や》る。

追跡者から隠れるだけでは根本的な解決にならない。ここで仕留めてくれると意気込んでいた。

モモは静かに殺意の牙《きば》を研ぐ。自分の殺気で感づかれるような迂闊《うかつ》はさらさない。糸よりも細く、刀剣よりも鋭い戦意で気配を隠しながら待機する。

しばらくして、道に追跡者の影が現れた。早朝と雨天が組み合わさった薄暗さから人影の輪郭程度しか見えないが、体格からして間違いない。

追跡者はモモの足跡に視線を落として歩いていた。隠れることを知らないと言わんばかりの堂々とした歩調だ。

とうとう姿を現した相手に、モモは一層の緊張感を高める。かすかな息づかいすらも雨音にまぎれさせる。追跡者は優秀な猟犬だ。身じろぎの一つで気配が捉えられる恐れがある。

モモが潜む樹木の横を通り過ぎた、と思った時だ。

不意に、人影が足を止めた。

「ふむ」

地面に視線を落としていた人影が、唐突にぐるんと顔を上げる。

「見つけたぞ、モモ」

自信に満ちあふれた声は、口ぶりこそ男性的だが紛れもなく女性のものだった。彼女は腰に下げた大剣を引き抜く。十の紋章を刻んだ高度な導器である剣を迷いのない動きで地面に突き刺し、導力を流し込む。

『導力：接続――大剣・紋章――発動【爆炎】』

紋章魔導の発動により、地面で爆炎が弾けた。

威力は抑えていたのだろうが、地中で爆発《ばくはつ》が起こった影響は小さくない。泥がはじけ飛んで舞い上がった。しかも魔導による爆発には指向性を持たせていたらしく、雨に濡れた泥はモモのいる樹上にピンポイントで飛来した。

びしゃびしゃ、と水気たっぷりの音を立ててモモの全身に泥が降りかかる。

「少しばかり仕事が雑すぎないか？　いくら足跡を合わせても、二度も踏めば深さが変わるから見ればわかるぞ。モモにはもう少し工夫を期待していたんだがな」

「……やかましいです」

勝手な期待をかけられて泥だらけにされるなど、嬉《うれ》しいはずもない。モモは頬に付いた泥をぬぐいながら、唾《つば》を吐き捨てんばかりの口調で答えた。

雨で踏み直しの乱れがまぎれる可能性にかけていたのだ。そもそもこの薄暗いなかで差を見抜けるのもどうかしている。

こうなれば隠れるのも無駄だ。泥まみれにされた苛立《いらだ》ちを募らせながら枝から飛び降りたモモは、泥よりも粘度の高い視線を追跡者だった相手にぶつける。

一目見て、女傑の部類だとわかる女だ。

女性にしては長身ながら、威風堂々とした美貌に相応《ふさわ》しい立ち姿には人を圧倒するオーラがある。十代後半という少女が女性として完成していく過渡期《かとき》の若々しさを全身から放っており、見る者に力強い印象を与えているのだろう。体の要所を隠すだけの独特なドレス姿は肌の露出が多いのに、不思議と下品さはなく気品を感じる着こなしだ。

アーシュナ・グリザリカ。

大陸東部の大国グリザリカ王国で出会ったお姫様は、とうとう西の最果てに近い聖地までついてきた。雨に濡れてもおとなしくなる様子がない猛々《たけだけ》しい髪質の金髪に、空の色をした瞳《ひとみ》を向けている。

モモは白手袋に包まれた腕をずいっと突き出す。

「どーしてくれるんですかぁ？　姫ちゃまのせいで泥だらけになったんですけどぉ？」

「それは悪かったな。そのうちに詫びをするから、これからも末長く頼むぞ」

「……じゃーいいですよ。不問にしてあげますので、短いご縁ですませましょうねー？」

「おや、遠慮深いな。ではこれまで通りに頼むぞ、モモ」

貸し借りなどつくってしまえば縁が生まれるから断ったというのに、直前の会話の流れなんてなんのそのと絡んでくる。そもそもアーシュナと縁をつなぎたくないモモの気持ちなどわかった上で、あえて曲解して鷹揚《おうよう》な返事をするあたり、非常にアーシュナらしい会話の運びかただった。

「ていうか、姫ちゃまはなんで私のことを追いかけてくるんですか？」

「追いかけてくるとは、心外だな。そもそもモモの目的地はどこだ？」

「……聖地ですけど」

「だろう？　私もだ」

アーシュナが胸に手を当て、堂々と偶然の一致だと言い切った。

「旅人が大陸西部に来れば、聖地を見に行くのなんて基本だ。というよりも、聖地に向かうために大陸西部に来ている割合が多い。有名な場所への行程がかぶるなんて巡礼の旅ならば普通に起こりえることで、それをもって追いかけた追いかけられたの扱いはやめてほしいな」

反論の難しい建前《たてまえ》を述べてから、きらりと悪戯《いたずら》っぽく目を光らせる。

「ちなみに私がモモを追いかける理由があるとすれば、逃げるモモを追いかけるのが楽しいからだな」

「じゃあもう追いついたからいいですね。私はしばらくここで雨宿りをするので、このまま追い抜いて先に行ってください」

「そう言うな。旅は道づれ、だろう?」

冷たくあしらうも、アーシュナの飄々《ひょうひょう》とした態度は変わらない。寒々しい雨天にもかかわらず彼女の顔には日が差したような笑みが輝く。

「ま、冗談はさておき、だ。実に面白《おもしろ》いことをしているのに、この私、アーシュナ・グリザリカが首を突っ込まないとでも思っているのか?」

意思が弱ければあっという間に虜になってしまいそうなカリスマあふれるアーシュナの笑顔に照らされようと、モモのしらーっとした視線は変わりなかった。

理由に高尚さも高貴さも微塵《みじん》もない、大迷惑もいいところな発言だ。振りきれなかった自分が悪いのだと言い聞かせて心を無理やり納得させる。

「もういいですよ……。スーパーウザ姫ちゃまでも、いざという時の使い捨ての囮《おとり》にはなるでしょうし、肉壁として傍《そば》にいることを許してやります」

「うむ、殿《しんがり》なら任せろ」

赤みがかった金髪を翻し、実に頼もしい態度で胸を張る。

「相手の追撃を正面突破して、敵将の首をはね飛ばしてやるさ」

どこまでも堂々とした受け答えに、モモはもう一度、ため息を吐いた。


聖地は人類生息圏の最西端にある。

海沿いにあるわけではないので大陸の大地はもう少し続いているのだが、聖地より先に国家領域はなく荒れ果てた未開拓領域が続くのみだ。大きな理由としては、文明維持に必要な地脈の流れが、聖地を終着点として折り返し、始点として循環する場所になっているからだ。

大陸の大地に縦横無尽に張り巡らされている導力の流れ『地脈』。

個人で扱うには膨大すぎる【力】も、人の集合体である都市を維持するためには欠かせないエネルギーだ。夜を照らす灯りを始めとしたライフラインの維持や、導力列車の運行など、地脈を源泉としたものが多い。国家領域では地脈に恵まれた場所に都市を建て、あふれでる導力を有用に活用するために日々試行錯誤している。

その地脈の果てにして、人の居住区域のもっとも西に位置するのが聖地である。

大陸最西部にある国家の国境を抜け、未開拓領域を歩いて、およそ三日で聖地にたどり着く。

巡礼者が最後に歩くのは、聖地まで伸びているもっとも原始的な道だ。

草葉に挟まれた道は、二人で横並びに歩ける幅だけ土がむき出しになっている。巡礼も終盤だが、ここから聖地まで続く道は人手を使って整備したわけではない。

普通ならば町がつながる道は流通を円滑にするために行政が整えるが、聖地に限っては違う。

ただ、人が歩いたから。

山にある鳥獣の足跡が獣道になるように、巡礼の道は信徒が歩いた足跡を積み重ねてできた。

十年、百年、千年。

聖地へ向かうために歩いた名も知らぬ誰《だれ》かたちの足跡が積み重なり、土を踏み固め、草木をおしのけ道となった。

歩きやすいようにと石を敷き詰めたわけではない。誰かが開拓して整備をした道路でもない。土がむき出しの道は、もし人が通らなくなれば一つの季節が通り過ぎるだけで消え失せることが確信できるほどに、原始的な道だ。

聖地に続く最後の巡礼路は、特別なことなしに人が歩くだけで道になるということを如実に示していた。

「メノウから話は聞いていたが、君たちの師匠『陽炎《フレア》』は列車で聖地に行ったんだろう？　聖地まで続く線路沿いに歩けば、だいぶ楽じゃないか？」

「列車ですかぁ？」

敬虔《けいけん》な信者ならば一歩一歩、感慨を噛《か》みしめて歩く途上。信仰心をどこかに置き忘れて育った二人はもっと楽な道はないのかと罰当たりな会話をしていた。

話題の種になっているのは、ここに来る前、山間の温泉街でメノウが聖地直通の列車を見たという話だ。

「そーとーうさん臭い列車ですよ、あれ。線路がどーやっても見つからないんですよね」

聖地の周辺は、どこの国家にも属さない未開拓領域で囲まれている。そもそもの話、人類の文明の手が届かないから未開拓領域なのだ。線路など通していれば、それに沿って村落ができていて不思議ではない。

「修道院時代に聖地につながる路線があるっていう噂《うわさ》を聞いた時に、先輩と一緒に聖地をぐるっと回ってみましたけど聖地に入る線路はなかったんですよ。それなのに直行列車があるとか、明らかにおかしいじゃないですか」

「地上にないとはいえ、地下に線路をつくっている可能性もあるだろう。聖地といえば、大陸屈指の大動脈がつながっていることで有名だ。本来なら、もっと発展していい場所だぞ」

石畳で整備された道ほどではないが、線路の上は歩きやすい。普通は線路の脇に道ができるものだがという問いは的を射ている。それでなくとも、導力列車の線路は地脈の上に敷かれるものだ。聖地には大陸を巡る地脈のなかでも屈指の大動脈がつながっているため、導力列車の線路が敷設されていてもおかしくないのだ。

しかしアーシュナの疑問は、メノウが見たという列車がまともだったらの話だ。

「さあ？　聖なる地だから開発は進めていないっていうのが建前ですけど、実際はどうでしょうね。聖地周辺で穴掘りをするほど暇人じゃなかったので、それは知りません」

恵まれた導力量により、常人よりも遥《はる》かに体力に余裕のある二人は進んでいく。朝方の雨が降りやみ、雲の切れ目から昼間の太陽が日差《ひざ》しをのぞかせ始めた頃。整備されていない荒地一辺倒の風景が変化する。

明らかに人の手が入った田畑が目に入るようになってきた。

多くの都市でも見られる風景だ。

違いを挙げるとするならば、田畑を管理するのが第三身分《コモンズ》の民ではなく修道服を着た女たちであるところだろう。白服の神官であるモモを見て、作業の手を止めて目礼する姿が見られた。

周囲にある田園は、修道院が日々の糧を得るために耕している農園だ。他の都市周辺部と大差ないからこそ際立《きわだ》つ人の違いを、アーシュナは興味深そうに観察する。

「意外と普通の風景だな。モモも手を泥だらけにして農作業をしていた時期があると思うと、感慨深い」

「なに目線の感想ですかそれ……？　うちの修道院は墓地だったので、墓石磨きならせっせとしてましたよ。クソみたいな訓練の合間にある、いい休憩時間でした」

導師《マスター》『陽炎《フレア》』は、名目上は第一身分《ファウスト》の墓地を管理している修道院の院長だった。建前の役目であっても、命を育む田畑を管理するよりかははるかに導師《マスター》に相応しい役目である。

「ん？　そうなのか。もしかしてモモやメノウが育った修道院も近くにあるのか？」

「ないですよ。私と先輩の出身は、聖地を挟んで向こう側にあります」

モモたちが収容されたのは、処刑人を育てる第一身分《ファウスト》の暗部である。人目を避けるために、出るにしても入るにしても聖地を通過しなければならない場所に建てられている。

田園地帯を半分ほど進んだところで、二人は歩みを止める。

物流の途絶えた僻地《へきち》には場違いなほど、美麗な町が見えた。

大陸にある、あらゆる道の先の終着点。すべての道の始まりであり、すべての道の終わりでもある場所。大陸の地脈の巡りが始まり、終わりにたどり着く偉大なる導力の源泉地。

聖地。

名前を持たない都市に、城壁はない。未開拓領域にありながら、そこを襲うものなどいないから必要がない。あるいは他者の襲撃を恐れることなしという精神性が城壁を必要としなかった。

だから、真っ先に目に入るのは巡礼者を迎え入れるためにある広場だ。

誰をも拒むことなく迎え入れる列柱廊に囲まれた広場は、美しい正円を描いている。町の前半分を貫いて伸びる大通りは、遠目からも中心であるとわかる巨大な大聖堂に続く道だ。円形の広場に構えられている大聖堂の玄関口の脇には、双塔が並んで巡礼者を出迎えている。

数ある教会施設は、大聖堂に従うように正対称に立ち並んでいた。民家に相当する建造物は一つもない。すべてが第一身分《ファウスト》に関連した神官用の宗教施設だ。

白一色。

一辺五百メートルほどしかない小さな小さな町は、計算されつくした美しい教会建築様式によって編まれた町だった。

「あれか」

「ですね」

立ち止まったアーシュナに、モモは頷《うなず》く。

世界に散らばる信仰のよりどころに相応しく、白く輝く見惚《みほ》れるほどに美しい町だ。一目見れば神聖であると感じ入り、見れば見るほど潔白であるということが伝わる。

なにより特徴的で言葉を失うのは——その町を構成する建材すべてが、導力であるということだ。

「……」

無言のアーシュナが、導力光の明かりに目を細める。

聖地に来る人間は、誰もが一度ここで立ち止まる。美しさに感動し、達成感で打ち震え、神聖な街並みに見惚れる。だからここは、ほんの少しだけ道が太い。二人も数ある巡礼者の例にもれず、立ち止まって聖地の眺望を続ける。

町の土台となる石畳から居並ぶ教会施設に円形の中央広場、シンボルとなっている大聖堂まですべてが導力光の燐光《りんこう》を帯びる魔導で構成されている。

千年前に滅び去った古代文明期に唯一残った町だとも言われている、現在の導力文明の始まりの地。

人口、千人。

正式に登録されている住民のすべてが第一身分《ファウスト》の神官。

巡礼で訪れる信者以外には、第三身分《コモンズ》はおろか第二身分《ノブレス》すらいない。

聖地と呼べば、ここを示す。この世に唯一無二だからこそ、名前すら付けられていない聖なる地だ。

愛らしいほどに小さく、潔白なほどに清らかで、見るからに神秘的な町。敬虔な信者ならば、美しさに感涙して跪《ひざまず》くこともある光景を前にして、アーシュナは悠然と胸をそらしたまま感想を呟《つぶや》く。

「一部に見覚えがあるな」

「はあ？　似ているものがないからこそ、聖地ですよ？」

アーシュナは初めて聖地に来たはずだ。そもそも魔導でできている町に似ている場所などあるはずがない。

モモの疑惑の目を前にして、アーシュナは確信をもって断言する。

「いや、間違いない。あの辺り、リベールの時にメノウが発動させた魔導と共通点がある」

メノウが発動させた、教会式魔導結界。万魔殿《パンデモニウム》を封印するために行使した術があった。

規模こそ違うが、町の一部がメノウの発動させた教典魔導と酷似していると指摘する。

万魔殿《パンデモニウム》との戦いの時は毒を受けて治療を受けていたモモは、ああ、と頷く。

「そういえば先輩は地脈の導力を使えば独力で教会式結界をつくれましたね。派手なので滅多《めった》に発動はさせませんけど……姫ちゃま、見る機会があったんですか？」

「うむ、あの時の戦いは心躍ったな」

アーシュナがうっとりと目をつむる。熱っぽい吐息には、なまじ美人なだけあって変な色気があった。

「万魔殿《パンデモニウム》の特殊性もあって、私の経験の中でもなかなか味わえない指折りの死闘だったな。死んでも復活する奴《やつ》を封殺するために私が地脈を引き出して協力した。見事な魔導だったよ」

「先輩の武勇伝はまたあとで聞くとしますけど……確かに似たようなものですね。あれとはまた、魔導構築がだいぶ違うものになりますけど聖地も結界魔導の一種です」

聖地として成立しているものと、メノウが個人で構築した結界とは規模が格段に違う。中心にある大聖堂を始点として、白く輝く市街の土台が丸ごと魔導で構築されているのだ。実物を初めて見たアーシュナは唸《うな》り声を上げる。

「つまり聖地は、大陸屈指の地脈を吸い上げて維持している、巨大にして上等な結界都市という理解で間違いないか？」

「ええ、ざっくりとそんな感じです」

聖地の建造物の頑健さは、石づくりの一般的な町とは一線を画している。神官の末席にいるというのに散々なモモも大概だが、アーシュナもさして信仰心がないためか、感動よりも探究心が優っている様子だ。

モモのさっぱりした論評に、アーシュナは大剣の柄に手を添える。

「あれほどの結界となると、壊しがいがありそうだ。いつか斬《き》ってみたいものだな」

「……『第四《フォース》』のテロリストでも言いませんよ、そんなこと。私だって第一身分《ファウスト》なんですから、目の前で犯行予告しないでください。普通にドン引きです」

さすが、城を斬ったことのあるお姫様は言うことが違う。犯罪者予備軍の凶行に巻き込まれてはたまらないと、そそくさ距離を開ける。

「ていうか、姫ちゃまは騎士でしょーが。治安維持をする側がなにを言ってるんですか」

「はっはっは。よく考えろ、モモ。あんな怪しげなものを見て、調べたくならないほうが嘘《うそ》だろう？　これでも騎士としては優秀だという自負はある。不審な建物を見れば捜査したくなるのが性だ」

一目見て、なにを見出したのか。アーシュナは嬉々として聖地を指さして持論を披露する。

「聖地が結界だと言ったな？　だがな、モモ。結界とは、なにかを守るために展開されるものだ。あんな巨大な結界で、一体なにを守っている？　まさか本気で『聖なる地を守っている』なんて言うなよ」

第一身分《ファウスト》が掲げる大義を先回りで潰《つぶ》して、にやりと笑う。

モモは返答に詰まる。聖地は現代文明の始まりの地だ。千年前、古代文明期が滅びる激動の時代にあって残った。そして聖職者である第一身分《ファウスト》、王侯貴族である第二身分《ノブレス》、市民階級である第三身分《コモンズ》の三つの身分に分かれた現在の文明社会は、聖地から始まった。

「発生の順序が逆だ。聖地ができてから、第一身分《ファウスト》が生まれている。なにかを守るために展開された結界を、第一身分《ファウスト》の前身となった集団が『聖なる地である』として隠ぺいを始めたと考えるのが自然だ」

ならば、なんのために聖地という巨大な結界がつくられたのか。

祖国で世直し姫とも呼ばれたアーシュナは好奇心に声を弾ませる。

「ほら、存在自体が怪しげの塊だ。歴史的な謎《なぞ》を前にすれば、探究心がくすぐられる。第一身分《ファウスト》は、なにを隠しているんだ？」

「私は下っ端なので知りませんよ。絶対、藪蛇《やぶへび》じゃないですか」

聖地の維持をしているのは、中央にある大聖堂だ。そこに入れる神官は百人もいないとされる最重要区画である。聖地の内部に赴任している時点で第一身分《ファウスト》の選りすぐりである証明だが、大聖堂の中にいるとなるとその上澄みだ。

アーシュナがいくら怪しもうと、メノウの補佐官でしかない白服のモモが入るのは不可能だ。

「それはそれは。モモも臆病《おくびょう》なところがあると見える。かわいいじゃないか。手でもつなごうか？」

「ぶっ殺しますよ？」

モモが殺気を飛ばす。アーシュナは、ふふっと笑い受け流した。

「この上なく人為的な都市なのだな、聖地とやらは」

「信仰なんてものが人為の結晶なんで、お似合いじゃないですか？」

仮にも聖職者とは思えない発言を堂々と吐き捨てる。敬虔な信者がいれば、卒倒するか唾をまき散らしての説教が始まりそうな会話だ。

大聖堂は魔導結界そのもののために、普通の建築物ならば必須の維持管理の人員すら不要である。玄関口の正門は常に閉ざされており、物理的な出入り口はない。儀式魔導陣で出入りをしているため、管理者の許可のない人間が入れる余地はない。

「町全体の建築様式の年代がごちゃまぜなのも気になるな。結界の大元を誰がつくったかは知らないが……時代的な統一性がないせいで、歴史的背景がまるでわからん」

「ずいぶんと細かいとこに気がつきますね。それこそ千年前の古代文明期から変わらない町なんですから、ここ千年の建築様式で考察するほうが変ですし……聖地に関しては『主』のお力で町全体を保っているとかいう眉唾《まゆ》な話もありますけどね」

「それは信心深くて結構な話だが……現実的に考えて、古代文明の名残《なごり》と考えたほうが妥当じゃないか？」

「古代遺物ですか？　それにしては規模が大きすぎるんですよね」

古代遺物。

人類絶頂期の古代文明期の遺産のことを指す単語だ。上は天の星々にまで至り、月に建造物を打ち建てたという高度な文明時代。ただ、千年以上前の文明の遺物なだけあって、完全に機能を保っているものは稀《まれ》である。

「現代では再現不可能な効果を発揮するのが古代遺物の特徴じゃないか。千年前の超技術ならば、それこそ建材に導力を物質化したものを使っていてもおかしくはないと思うぞ？」

「そりゃそうですけど、素材から理論までが遺失技術なんですよ？　古代遺物を町の構築になんて使って想定外のことが起こったら、止めようもなく町が丸々消えるんです。いくら効果が大きいからって、メンテナンスもできないものを使わないと思いますけどね」

「それも一理あるな。……やはり、引きはがして中身を見たいものだが」

「そうなったら、私は迷わず姫ちゃまを捕まえますからね」

「それも一興、と言いたいところだが、一朝一夕で解ける謎でもなさそうだ。いっそ聖地を丸ごと消しさる方法でもあればいいのだが……」

「本当に捕まえてほしいんですか、姫ちゃま？」

どうせ正解のないよもやま話である。未練がましい視線も割り切って、陰謀話は手じまいになった。

「それで、どうするんだ。向こうに到着してからの予定を聞かせてくれ。メノウも教えてくれなかったが、いろいろと悪だくみをしているのだろう？」

「悪だくみとは、人聞きが悪いですね。ただの帰省です」

仲間でもなんでもないのに、どうして事細かに予定を教えなくてはいけないのか。さらりと聞き流す。

「そもそも姫ちゃま。いまから聖地に入ってどうするんですか。泊まれるところありませんよ、あそこ」

「……ないのか？」

意外そうに目を丸くする。未開拓領域にあるとはいえ、聖地を訪れる巡礼者は常に一定数存在するのだ。まさか宿泊施設がないとは思わなかったのだろう。

「ないです。真面目《まじめ》な話、なんにもないですよ、聖地って。ここからの眺めが一番の娯楽です」

「ふうん？　泊まれる場所がないなら、巡礼者は聖地を前にして野宿でもするのか？」

「しませんよ。私をなんだと思っているんですか？」

モモは見せつけるために自分の服を引っ張る。おしゃれのために多少の改造はしてあるものの、正真正銘、第一身分《ファウスト》の神官補佐に与えられる白服だ。道中でアーシュナに泥をひっかぶらされたせいで薄汚れてしまったが、第一身分《ファウスト》の立場を証明することに不足はない。

「そこらへんにある適当な修道院に泊めてもらいます。巡礼中の神官の宿泊を拒む修道院なんてありませんからね」

神官に限らず、多くの修道院は巡礼者の宿泊を受け入れている。聖地の手前に点在する修道院も、その例に漏れない。他の巡礼者ならば多少の金銭を寄付する必要があるものの、第一身分《ファウスト》ならば無料である。

「なるほど、周囲の田園部は聖地とは呼ばないんだな。あくまで結界都市になっている部分のみが聖地なのか。……モモは自分の出身の修道院には行かないのか？」

「あそこ聖地から微妙に遠いので不便なんですよね」

モモたちが育った修道院は処刑人を育てるための場所だ。機密が多いために巡礼者の目に触れさせないようにと離れた場所に建てられている。さすがにアーシュナを引き連れるわけにもいかないと、適当な理由でごまかす。

「とりあえず、聖地に入るのは明日です」

ここから見える聖地へと視線を向ける。

モモはメノウの味方だ。メノウがどうであれ、モモは彼女の味方をする。モモの行動原理はそれ以上でもそれ以下でもない。

メノウが導師《マスター》『陽炎《フレア》』に気がつかれないよう選んだ侵入方法に、モモが付いて行くことはできなかった。だからモモは、今回も別行動で聖地を目指している。

つと目を閉じる。

今回の件。事前の打ち合わせの時のメノウは、いままでにない状態だった。準備と打ち合わせの時点でいつになく張り詰め、緊張して、心を尖らせていた。

しかたないとは思う。相手が、相手だ。

「無理を、しすぎないでくれるといいんですけど」

モモの脳裏《のうり》に浮かんだのは、ここ最近、いつもメノウの隣を歩いていた少女の顔だ。

トキトウ・アカリ。本当ならばメノウが第一身分《ファウスト》を裏切る事態になる前に、あの能天気な異世界人をモモが始末するつもりだった。

でも結局、モモはアカリを殺すこともメノウを止めることもできなかった。

「……あいつのためにもなるっていうのは、ちょーっとばかり気に食わないですけど」

「ん？　どうした、モモ」

「なんでもないですっ」

聞かせるつもりもないのに、知らずに独り言が漏れていた。機嫌悪く返答を打ち切る。

尊敬する先輩と、ほんのひとつまみ分ぐらいは一緒に旅をしたアカリのために。

モモは頭の中で予定を組み立てていた。


聖地の中心。

信仰のシンボルとして建つ大聖堂の外観は、巨大さと魔導で構成されているところを除けば世界各地によくある様式に則っている。

まっすぐに長く伸びる身廊部と、十字に交差して広がる翼廊。交差点の奥にある礼拝堂を超えた尖塔の奥は、半円形の内陣部分へと続いている。正面入り口が最も堅牢かつ荘厳なつくりで、優に三階分の高さはある正面扉の両脇には、二つの尖塔が備え建てられている。

双塔の片割れ、北棟のてっぺんにある部屋の窓辺に一人の少女が佇《たたず》んでいた。

日本から異世界であるこの地に来た『迷い人』、トキトウ・アカリ。

童顔ながらもぱっちりとした瞳をした、見る者を和《なご》ませる面立ちをしている年頃の女の子だ。うなじに絡みつくように伸ばされた黒髪はくせっ毛気味のようで、今日のような天気には湿度を吸ってふくらもうとするのを花飾りのついたカチューシャで押さえ込んである。

寂《さび》しげな雰囲気で窓の外を見る姿は、少女を少しだけ大人びて見せていた。

「あっちじゃ見れない町だよね。まさに異世界って感じ」

ぽつりと零《こぼ》された独り言は、普段のアカリと比べてひどくしっとりしていた。

あっち、というのはアカリが元いた世界のことだ。

夜になっても街並み自体が輝いている風景は、不夜城と称される地球の大都市の輝きとはまた印象が違った。目に優しく心穏やかになる光だ。

町を構成するものすべてが導力光を放っているため電飾の灯りとも趣が異なる。白く輝く街区の周囲を、穏やかな田園地帯が囲っている。アカリが軟禁されている北塔は聖地の中でも最も高い位置にある。そのため街の切れ目まで遠望できた。

街中を歩いているのは、藍色の神官服を着ている人間が圧倒的に多い。町の構造物が真っ白なため、彼女たちの服色はとても目に映える。

他は補佐の白服と、逆に上位の司祭服。どちらの服も白いために背景にまぎれがちだ。修道服と巡礼者と思しき普通の服装がもっとも少ない。

「それにしても……」

視線を室内に戻したアカリは、ぴっと人差し指を立てる。

彼女の指先に導力の光が宿る。生命の魂から生まれる【力】――導力が集中することで起こる発光現象である導力光はあらゆる魔導発動の前兆だ。

アカリが意識を集中させると同時に集まった光だったが、なんの現象を起こすこともなくほどなくして霧散した。

「むむむ」

何度も繰り返した結果に、唇が尖《とが》る。

アカリは異世界から召喚された迷い人。純粋概念と呼ばれる世界でも屈指の魔導を自在に操《あやつ》れる。召喚と同時に強制的に魂へと付与された【時】の魔導は、いままでは呼吸するのと同じ自然さで行使できた。

だというのに大聖堂に来てからずっと、魔導行使がままならない。

まったく使えないというほどでもないのだが、ひどく発動しにくい上に、効果が大きく減じられている。発動する前に、なにかに阻害される感覚がある。いつもは無意識で構成できる部分でノイズが挟まり霧散する。

総じて、とてもやりづらい。

「なんだろ、これ」

魔導行使は諦《あきら》めて腕を組む。ただでさえ発育のいい胸元《むなもと》が強調されるが、どうせ一人だしと気にせず魔導がうまく使えない理由に思い悩む。

純粋概念【時】。

それが異世界に召喚されたアカリの魂に宿った、彼女独自の魔導だ。

行使をするごとに記憶を失い、最悪に至ると人格を失って暴走する『人災《ヒューマン・エラー》』になりかねない危険をはらむ諸刃の剣ではあるが、発動できる魔導の威力は絶大の一言。純粋概念はアカリがこの世界に来てから得た唯一最大の武器だ。

大抵のことならば切り抜けられる手段に出た不具合は、少なからずアカリを不安にさせていた。

「どうにかして使えるようになりたいけど――」

「無駄な努力はやめておけ」

スプリングが跳ねる勢いでソファーに座りこんで愚痴ると、突然、声がかけられた。

他に人などいなかったはずだ。アカリはぎょっとして声のしたほうへと振り向く。

狭いながらも趣のある調度品の置かれた部屋の壁際。扉が開いた気配もなかったというのに、いつの間にそこにいたのか、一人の女性が立っていた。

赤黒いショートカットに、アカリよりは頭一個分ほど高い身長。なにをするでもなく佇んでいるだけで、背筋がざわりとする雰囲気を身に纏《まと》っている。

導師《マスター》『陽炎《フレア》』。

生きた伝説。史上最多の禁忌殺しの処刑人。気配なき闖入者《ちんにゅうしゃ》に、アカリは慌てて腕組みを解いて敵意で目を尖らせる。

「な、なに、いきなり。なんの用か知らないけど、部屋に入るならノックくらいしてくれないかな」

「思春期か。これだからガキは面倒だ」

「ししゅ――――!?　一般礼儀の話だけどッ？」

「一般礼儀」

導師《マスター》がアカリの反抗心を気に留めるはずもなく、バカにした態度で単語だけおうむ返しにする。

彼女の態度は常に無礼そのものだ。思春期が一番されたくない反応にアカリが反抗期そのままの顔になる。

「ガキが都合よく礼儀を語るな。一般のなんたるかも知らん異世界人が」

「誘拐してきた人間に一般を語られたくないよーだ」

「どっちにしても、誘拐した相手に気を遣う必要性も感じんな」

アカリの怒りなどどこ吹く風、導師《マスター》は会話を続ける。

「それよりもお前、さっき魔導を使おうとしていただろう」

「だったら？」

アカリはさっと指をかばう。

数日前、逃亡していたアカリは導師《マスター》に確保され、ここ聖地に連れてこられた。その時に魔導を発動させようとし、目の前にいる女性に人差し指を折られたのは記憶に新しい。

あの痛みは、少しトラウマになっている。何度も時間を繰り返しているといっても、日本育ちのアカリは痛みや恐怖を克服しているわけではない。特にメノウに殺される時はまったく痛みを感じないので、痛みに慣れる機会は少なかった。

「ていうか、のぞき見？　趣味わっるぅ。さすがモモちゃんの育て親だね」

「モモの悪癖は生まれつきだ。私のせいにするな。むしろあれの行状に原因があるとすればメノウのほうだろう。不肖の弟子の割に、他人をたぶらかすことだけは一級品だからな。あればかりは私もかなわん」

いわれない中傷に、さしもの導師《マスター》も不愉快そうな色を浮かべる。モモの制御の利かなさに手を焼いた思い出でもあるのかもしれない。

「なんにしても、ここで魔導を使おうとするのは無駄だからやめておけ。聖地は魔導結界ででできていてな。普通の魔導ならともかく、純粋概念の魔導は、大きく制限されている。この大聖堂は特に、内側のものを閉じ込める性質が強い。そこの窓も、ガラスに見えるだろうが結界の一部だ。中から外は見えても外から中は見えん」

「え、そうなの？　ていうか、純粋概念の魔導が、制限って……？」

「ああ。特に原罪概念か原色概念を押さえるための魔導結界だ。生命維持か活動機構が魔導で成り立っている魔物と魔導兵の類は、聖地に入ることすらできん。入った瞬間、死ぬからな」

「魔物とか魔導兵とかは知らないけど……純粋概念って、すごく強い魔導でしょ？　封印とかできないものだってメノウちゃんが言ってた覚えがあるんだけど」

「あいつは大聖堂には入ったことがないから、ここの事情は知らないだけだ。それに、よく思い出せ。お前の魔導が機能しなかったのは、ここが初めてではないはずだ」

「ええっと……」

記憶を探ってみれば、心当たりはないでもない。

純粋概念は強力な魔導だ。効果も出力も他の魔導を圧倒するが、アカリの魔導が正常に作用しなかったことは何度かある。

古都ガルムでの戦いや万魔殿《パンデモニウム》を相手にした時など、他の純粋概念と相殺し合った時だ。いまの状態とは話が違う。

「純粋概念のぶつかり合いでしょ？　ぜんぜん、いまとは違うじゃん」

アカリの言葉を聞いた導師《マスター》は、ぱっくりと口を開けて笑う。

「ああ、そうだな。変わらないんだよ」

アカリの言葉を肯定しながら、矛盾することを言う。

アカリは相手の意図がつかめないまま、反発心で思いついたことを話す。

「純粋概念が封印できるなら、私が復活することもできないんじゃない？　それだったら、おかしいじゃん。塩の剣なんて使わなくても、ここで殺しちゃえばいいんだし」

「制限されてもまったく使えないわけではないからな。自動で展開される【回帰】くらいは発動するだろうが、それも効率が落ちるだろう。試してみるか？」

導師《マスター》が短剣を取り出した。抜き身の刃物を前に、アカリはまさかと腕で体をかばう。

どうやら冗談だったようで、導師《マスター》はあっさりと短剣を納めた。

「本当ならばここで死んだほうがお前のためであるとすら、私は思うが……別にお前のために行動してやる義理もない。お前については、人災《ヒューマン・エラー》として暴走させなければ意味がないからな」

「……それ、なんのためなの？」

人災《ヒューマン・エラー》として暴走させる。アカリのような異世界人が持つ純粋概念を暴走させれば、下手をすれば大陸規模の被害が出る。南の港町で遭遇した『万魔殿《パンデモニウム》』など、その最たる例だ。

それなのになぜわざわざ、リスクのある手段を選ぶのか、理解できない。

「それに、なんであなたにもループした時間の記憶があるの？」

導師《マスター》は答えなかった。代わりに、脈絡のない質問を投げかける。

「トキトウ・アカリ。お前は、自分の世界に帰りたいか？」

「日本に？　別に帰りたくないよ、あんなとこ」

「なぜだ」

「だって、帰ってもメノウちゃんはいないもん」

突然の質問に戸惑いつつも、正直に返答する。

日本から来たアカリだが、いまさら帰りたいと思っていない。なにせいまのアカリは純粋概念【時】の魔導を使いすぎたために、日本での記憶がほとんど欠落している。そのために故郷である日本への執着心はなくなっている。

いまのアカリを支えているのは、この世界で出会っては繰り返した、メノウとの旅の記憶だ。

それに加えて導師《マスター》にここへ連れてこられる前、日本へ帰るための犠牲の多さを聞いてしまった。

多くの人々を生贄《いけにえ》に、文明を枯渇させかねないほどの導力を消費し、大陸の一部を削るほどの魔導陣を創り上げることで初めて可能となる、大規模世界魔導。異世界送還の儀式だ。

いくらメノウ第一のアカリでも、世界を滅ぼすといっても過言ではないほどの犠牲を出す気はない。そもそもメノウがこの世界にいるのだ。大きな被害を出す意味がない。

「ならば、意図せずにかけがえのない友人と世界を隔てて離れ離れになったら、どうする？」

「メノウちゃんと？」

「……別に誰でもいい。普通に暮らしているだけだったのに、突然、友人と引き裂かれたらどうするかと聞いている」

「んー……」

改めて腕を組んで黙考する。

もしもメノウと、理不尽に離れ離れになったら。

「一緒の世界にいられる方法を探す、かな」

一生をかけて、再会の手段を探るだろう。あるかないかは問題ではない。ないかもしれないという可能性は、再びメノウと出会うことを諦める理由にはならない。

アカリの答えを聞いた導師《マスター》は、心底、嫌そうに口元を歪《ゆが》めた。

「……お前らは、本当に執念深い」

「……なんの話？」

「ただの保険だ。お前がいま知ってもわかるはずもないし、あとで合点しようが……その時は、私の損にはならない。そういう類の話をしている」

「意味わかんない」

「わからないのは、お前がバカだからだ。なぜと考えようともしない。自分の考えを変えようともしない。だから何度も同じことを繰り返すことになる」

親や教師でもあるまいに、ぐさぐさと刺してくる言葉がいちいち説教がましい。

なぜ誘拐された先で、誘拐犯に説教をされなければならないのか。頰《ほお》を膨らませたアカリは、ぷいっとそっぽを向く。

逸らした視線の先には、偶然にもバルコニーがあった。

ふっと、唇がほころんだ。

日が沈んだ時間。軟禁された部屋。待遇だけは悪くない状況。

期せずして、アカリが召喚されたばかりの状況と少し似ている。

「来ると思っているのか？」

目ざとくアカリの表情の変化を見て取ったらしい。誰がという主語はないが、誰のことを示しているのかは明白だ。

鋭く急所をえぐりこんできた問いだ。アカリは導師《マスター》の問いに、言葉を詰まらせる。

「それ、は……」

来るとも来ないとも答えることができずに、語尾がさまようままになる。

メノウにどうしてほしいのか、自分がどうなりたいのか、いまのアカリには自分の指針がわかっていなかった。

メノウが来たら、導師《マスター》『陽炎《フレア》』との対面は不可避である。

そうすれば、どうなるか。

いやというほど、アカリは思い知らされている。アカリの目の前で、メノウが導師《マスター》『陽炎《フレア》』に殺されたことが、何度あったか。メノウでは導師《マスター》に勝てない。アカリにとって何度も経験した事実であり、覆らなかった結末だ。

ならばメノウが導師《マスター》と対立した今回はもうダメだと諦め、【回帰】すればいいのか。

それも一つの答えだ。

だが、とためらう心があった。

アカリはすでに、日本の記憶をほとんど消費している。世界の時間を巻き戻して召喚された時間軸まで戻る脅威の魔導【世界回帰】は、多くの記憶を費やすことになる。もう一度巻き戻した場合、この異世界に来てからの記憶――つまり、メノウとの思い出がなくなる。

それには強い抵抗があった。

そして、さらにもう一つ。

「ここに来る前に、メノウと話していたな」

びくり、とアカリの肩が震えた。

メノウとの会話の最後に、彼女は約束してくれた。迎えに来てくれる、と。だからメノウは来る。アカリを殺しに、来てくれる。あの時のメノウの目を見て、止めようもないことはわかった。

穏やかで、やさしく、それでも張り詰めた決意にあふれていた瞳は惚れ惚れするほどに綺麗で、触れれば砕けてしまいそうなほど儚かった。

導師《マスター》『陽炎《フレア》』に連れ去られるアカリに、メノウは「いい子で待ってなさいよ」と言った。

自分は「待っているからね」と答えた。

あの時に、自分は「来ないで」というべきだった。メノウに生きてほしいのならば、アカリはただ導師《マスター》に殺されるのを待てばいい。アカリが死ねばメノウが殺される理由がなくなる。

だからメノウを助けたいだけならば、アカリは導師《マスター》『陽炎《フレア》』に殺されればいいのだ。

なのにどうしてメノウを求めてしまったのか、その場面を見てもいなかった導師《マスター》が無遠慮な言葉で掘り返す。

「よかったな、大切な友達に自分のやっていることを理解してもらえて。いままで自分一人でやってきたことを認めてもらえて、嬉しかっただろう？　一人で孤独に浸るよりも、繰り返した時間を理解してもらえた瞬間は快感だっただろうな」

アカリの肩に、優しげな仕草で手を置く。

肌が粟立った。なにをされたわけでもないのに、刃物で脅されるよりもはるかに恐ろしさが勝った。

導師《マスター》の言う通りだ。

何度もループをしていることにメノウが気づいてくれた時、アカリは嬉しかったのだ。

「別にいいぞ。時間回帰をしても。お前は自分を理解してくれた友人を、消し去ることになるだろうがな」

いま時間回帰をすれば、アカリのことを理解してくれたメノウとは、永遠に出会えなくなる。

「今回、せっかく奇跡的にも、メノウにわかってもらえたのになぁ」

自分でも自覚していない恐怖を掘りだされる。ゆるやかに語られる声が耳に入って、脳内に絡みつく。

「お前の努力を知ってくれたメノウを、消し去れるか？」

アカリは茫然と目を見開く。

理解してしまった。

いまの台詞《せりふ》をアカリに言うために、彼女はあの時にメノウとの別れの時間をつくったのだ。

「……悪魔」

「くはっ」

導師《マスター》がぱっくりと口を開く。彼女が大きく開いた口の淵《ふち》からのぞく闇は、虚無につながる無間地獄に見えた。

「私程度が悪魔など、生ぬるいことを言うな。お前は繰り返してきた数だけ、メノウを殺してきたんだ。時に私に殺させ、時にオーウェルに殺させ、時に他の死因で殺させ、幾度となく世界を消費してきた。メノウだけではなく、大陸に住まう全員の未来を、お前は一人のわがままで捻《ね》じ曲げてここにいる」

導師《マスター》の手がアカリの肩から離れる。温かい血が布に染みこむように、わずかに残った体温が、やけにべったりへばりついたままになる。じわじわと残り続けて広がっていく。

「すごいなぁ、トキトウ・アカリ。お前がくるわせた人生の数は、私が殺してきた人数なんて目じゃないぞ。悪人として、尊敬するよ」

茫然とするアカリを置いて、導師《マスター》は立ち去った。

アカリへの保険を済ませた導師《マスター》『陽炎《フレア》』は大聖堂の廊下を歩いていた。

「あれだけ言っておけば、土壇場で【世界回帰】を使うこともないだろうな」

導師《マスター》にとっても、アカリの純粋概念は厄介だ。自分の時間を【回帰】させての復活により物理的な手段での殺害が意味をなさないことは当然として、空間にも干渉する【時】の魔導は、多岐にわたる効果を擁《よう》している。いざとなればすべてをひっくり返せる魔導を人災《ヒューマン・エラー》となるまで振るえ続けるのだ。

物理的な拘束が意味をなさないアカリをひとところにとどめるためには、メノウという手札を使って精神的に縛るのが一番だった。

「これだから能力だけのガキは扱いやすい」

固執しているものがはっきりしている分、誘導も難しくない。

執着の大きさは、愛情の過多などではない。費やした努力、繰り返した時間、重なる痛み。有形無形に関わらず、かけたものが多ければ多くなるほどに情念は大きくなる。自分を押しつぶすほどの大きさになっても、捨てきれないほどに手に吸い付いて離れない。

アカリにとって、メノウが助かる道かメノウに殺される道か、どちらも選ばせずに苦悩させることこそが、歩む道を止める重しとなる。

「いっそ吹っ切れれば、楽なのだがな」

そんなことをさせないために、選択肢を用意したのだ。

こつこつと階段を下りる。喧騒のない建物は、隠そうとしなければ足音がよく響く。

聖地の大聖堂。

大陸にある信仰の中心地ともいわれる建物の内部は極端に人が少ない。魔導で構成されている関係上、物理的な整備、維持のための人員が必要ない。秘匿事項が多い大聖堂内部には、口が堅い聖職者か【使徒《エルダー》】の関係者ぐらいしかいないのだ。

がらんどうな有様《ありさま》は、廃墟を思わせる。ひとかけらも朽ちた場所なく美しいままだろうと、人のぬくもりのない人工物は途端に冷ややかな顔を見せる。

外部からはなにをしているのか、まったくわからない施設だ。結界に阻まれ入れない者たちによりさまざまな噂話がたてられている。

曰《いわ》く、大聖堂には聖地維持のための儀式場がある。

曰く、大聖堂の奥の院には教典に記される『主』がおわせられる。

曰く、大聖堂では意思決定機関としての権力者たち【使徒《エルダー》】が集まる。

根も葉もない噂話が発祥だろうに、意外と核心をついていることもあるから侮れない。誰もが秘密を守れるわけではないということか、あてずっぽうの陰謀論でも数打てば当たるということなのか。

ただ、真実をすべて知る人間がごく限られているのは事実だった。

大聖堂の内部を見れば、妄想をたくましくしていた人間のほとんどは愕然とするだろう。

階段を下りた導師《マスター》は、アカリを隔離している北塔から大聖堂の中心線を貫く身廊に出た。

高い天井に、まっすぐ伸びる廊下。形だけは聖堂ではあるものの、真っ先に目につくものは決定的におかしかった。

大聖堂の中には、駅があった。

小さな田舎町にでもありそうな真っ白いプラットホームが、大聖堂の両翼として広がる南翼廊から北翼廊を占拠して貫いている。中央交差塔にある採光部から取り入れている光を浴びるホームは、場違いだというのに堂々と存在していた。

身廊を抜けた奥にあるべき礼拝堂と内陣部の様子は、導師《マスター》の位置から見通せない。大聖堂の中に、こんな駅があるという以上に下らないものが存在することを知っているが、参拝する気は一切なかった。

導師《マスター》は大聖堂にある駅ホームに上がる。ホーム中央にある駅舎の中で待機している神官が、導師《マスター》の姿に気がつきぺこりと頭を下げた。

白い煉瓦《れんが》積みで造られたプラットホームは幅十メートル、長さ百メートルほど。木製のベンチが点々と置かれ、中央部には二階建ての駅宿舎まである。線路側の縁の手前には黄色い線が引かれているのがやけに平凡で、大聖堂の中に列車の停留所があるなどという非現実感を浮き彫りにさせていた。

一面一線の特殊な駅に、車両の姿はない。大聖堂という屋内にあるレールの先は、外につながっていない。翼廊の出入り口となる部分に、金色に輝く円盤状の導力光の扉へと吸い込まれるようにして続いていた。

古代文明期から存続する大聖堂が隠匿する三つの内の一つ――『龍門』。

金色に輝く扉を通過することで物質を導力体へと組み替えて、導力の経路を経て任意の場所で再構成する機能を持つ古代遺物。簡単にいえば、地脈のつながる場所ならばどこへでも【転移】を可能とする大聖堂の秘儀の要だ。

導師《マスター》は駅舎の窓を軽くノックする。眼鏡をかけた気弱そうな神官が扉から顔をのぞかせた。

「フーズヤード。私は一旦、大聖堂を出る。私の修道院までの道を頼む」

「は、はい、少し待ってください」

二十歳過ぎに見える彼女は、まだ若いというのに大聖堂の出入りを一手に任されている特殊な立ち位置にいる人物である。

大聖堂には物理的な入り口はなく、大司教の裁可のもと、ホーム駅舎内にいる彼女が『龍門』を操り【転移】で出入場を管理している。彼女がいなければ大聖堂の出入りもままならない。

フーズヤードが『龍門』への出入り口を用意するための魔導操作を進めているのを横目にベンチに腰掛ける。導師《マスター》が来た身廊とは逆、奥の内陣の方向から近づいてくる人物がいた。

大聖堂に出入りする数少ない一人を見て眉を上げる。老いさらばえて縮んだ身長に、かつては何色だったかもわからぬほどの色を失った白髪。見るからに力ない老女だというのに、彼女の瞳に宿る憤怒《ふんぬ》だけは、まったく衰えている様子はない。壮麗な司教服に身を包む彼女が現れた瞬間、フーズヤードなどはぴゃっと悲鳴を上げて顔をひっこめた。

大司教エルカミ。【使徒《エルダー》】の中でも珍しい、第一身分《ファウスト》で表立った立場にいる【魔法使い】だ。

彼女もまた聖地のシンボルである大聖堂の守っているものと役割を知る者だ。

「立て」

一言目から、命令だ。

特に気を悪くするでもなく、立ちあがる。

世界の身分は三つに分けられているが、【使徒《エルダー》】はその埒外《らちがい》にいる特殊な集団だ。どこにも分類することが不可能になった人種を【使徒《エルダー》】と認定しているといっても過言ではない。

彼らの本質は力の大小ではなく性質にある。共通する自らの特殊性ゆえに表舞台に立つことはせず、あるものは隠遁し、あるものは暗躍し、あるものは放浪している。

その中でも第一身分《ファウスト》の大司教という立場にいるエルカミは特殊だ。

人前で矢面に立てる【使徒《エルダー》】は稀少である。立場も上、年齢も上、実力も上。命令する道理がエルカミにはあり、導師《マスター》には無為に逆らう理由もない。

「部下から報告があった。モモと名乗る神官補佐が、近くの修道院に宿泊を申し出たそうだ」

「ほう」

モモが帰ってきたと聞いても特に感慨はない。むしろ第一身分《ファウスト》の一員であるとはいえ、よくぞ大司教であるエルカミが下っ端でしかないモモのことなど把握していたものだと感心する。

「それがどうした?」

「宿泊を申し出た神官は本人で間違いなさそうだ。連れがいるが、メノウという神官ではなくアーシュナ・グリザリカを名乗っている」

「そうか」

教典で通信ができる神官にとって、情報の共有は基本だ。通信魔導があるからこそ、絶対数の少ない第一身分《ファウスト》が他の優位に立てている面は大きい。

モモが聖地に来るタイミングとしては妥当だ。同行者がアーシュナ・グリザリカとなると、メノウとは別行動を選んだのだろう。意図していることは、大体つかめる。

どうせモモが考えていることなど、メノウをサポートすること一色に染まっている。

だがエルカミが気にかけているのはモモではなかった。

「『陽炎《フレア》』。貴様の考えを教えろ。このタイミングでグリザリカの末姫が来たのには、どういう意味がある」

的外れな疑問とも言えなかった。モモではなく、アーシュナのことを問いかけてきたエルカミの懸念《けねん》も理解できる。

聖地からもっとも遠い大国であるグリザリカ王国は、制御が利《き》かない要素が多い。地理的にも、歴史的にも。特にグリザリカ王家にいる【使徒《エルダー》】である【防人】のあり方は、おぞましさゆえに嫌悪感が募る。

多かれ少なかれ【使徒《エルダー》】は異常者だが、グリザリカの【防人】は東部未開拓領域の浸食を抑えるために必要不可欠である。その事実が他の【使徒《エルダー》】たちとの勢力図を複雑なものとしていた。

だが【使徒《エルダー》】の立ち回りについては、導師《マスター》の興味の埒外だ。

「家出娘を迎えるのにタイミングを合わせたんだろう。グリザリカの【防人】は『姫騎士』にご執心のようだからな」

「本当にそれだけか？」

「グリザリカは動かん。少なくとも、まだな」

導師《マスター》の返答を聞いてもエルカミの声からは猜疑心《さいぎしん》は拭《ぬぐ》い去られない。不安なのだろう。エルカミは、上に昇りつめればつめるほど他者を信用できなくなった典型だ。【使徒《エルダー》】となって以来、配下に自分の正体が知られないかと四六時中不安が付きまとい、同じ立場の【使徒《エルダー》】からは寝首をかかれないかという恐怖にさいなまれている。

「貴様の弟子である『陽炎の後継《フレアート》』が、アーシュナ・グリザリカに化けている可能性は？　メノウとやらがトキトウ・アカリを取り返しにくる恐れがあるというのは、お前の報告だったはずだ。時間回帰が繰り返される中、少なくない回数、第一身分《ファウスト》を裏切っていたのだろう？」

「仮にも私の弟子が、本気でのこのこと聖地まで歩いてくるバカだとは思いたくないな」

今度こそ見当はずれな意見に、導師《マスター》の声から興味の色が抜け落ちる。

「一応、顔でもつねっておけ。導力迷彩の有無は、それでわかる。十中八九、メノウではなくアーシュナ・グリザリカ本人だろうがな」

エルカミは優れた魔導行使者だが、己《おのれ》が策略家からほど遠いことを承知している。だからこそ導師《マスター》に質問を重ねている。

「……『主』のご帰還に関わることだ。【時】の件に関しては極力、不確定要素を排除しておきたい。グリザリカの連中は無論、他の小物どもにもだ」

「それは、そうだな」

『主』の帰還。

それが【時】の純粋概念の処理を複雑にしている原因だ。『主』に関わることさえなければ、トキトウ・アカリなど最初の一回目でメノウともども導師《マスター》が殺していた。

「奇遇なことに『主』のご帰還とやらを成功させることに関しては、私も大賛成だ」

「大陸の情勢が変わる、千年に一度の機会だぞ。些細《ささい》な要素にも邪魔などされたくない」

「奇跡的なことに、私も同じ気持ちだよ」

大司教エルカミと導師《マスター》『陽炎《フレア》』の気持ちが通じ合ったのなど、いつ以来か。もしかしたら出会ってから初めてかもしれない快挙だというのに、なぜか老婆の目つきがどんどん厳しいものとなる。

「もしお前が、ここに潜入するとしたらどうする?」

「それは大聖堂の結界を無効化して内部に入り、あろうことか北塔にいるトキトウ・アカリを確保して脱出までしてみせるということか?」

「そうだ」

「不可能だな。私なら単独での潜入は諦める」

ぴくり、と眉が動く。

「……貴様でも、不可能だと認めるのか。大聖堂の構造も出入りの仕組みも承知していて、なお？」

「仕組みを知っているからこそ、無理だと言えるんだよ」

手近な壁を、こんこんと軽くたたく。

「そもそも聖地は、厳密にいえば町ですらない。巨大な魔導結界だ。特に大聖堂は入場制限が厳しい」

駅舎に引っ込んでいる気弱な神官を目で示す。物理的な出入り口がない。出入りだけで、短距離とはいえ転移の魔導陣を使っているのだ。外からはいくつか窓ガラスのように見える場所もあるが、そこですら開閉不能な結界となっている。まさしく、ネズミ一匹通さない金城だ。

「許可がないと入ることすらできないというのに、どうしろと？」

「やりようはいくらでもあるというのが、貴様の信条ではないのか？　なにより内通者をつくろうとはしないのか？」

「ここの侵入に必要な内通者がいるとしたら、そうだな」

導師《マスター》はエルカミと視線を合わせる。

「お前と同等の立場を籠絡《ろうらく》できたら、ようやく検討《けんとう》に値する」

自分が疑われたとでも思ったのか、導師《マスター》をにらみつけるエルカミの目もとの皺《しわ》が深くなる。

大司教であるエルカミを籠絡する。非現実的な方法だ。彼女の立場で侵入者に協力するメリットはない。

「他にないのか？　まさか弟子をかばい立てしているのではあるまいな」

「私が、あいつを？」

その言葉は予想外だとばかりに、目を丸くする。

「それは思いつかなかった。さすがは大司教になるだけあって、頭がやわらかいな。発想の泉が豊かでうらやましい。想像力をたくましくさせるのが長生きの秘訣《ひけつ》か？」

「やかましいッ！」

一喝。びりびりとした怒鳴り声が空気を震わせる。

「青二才が、生意気な口を叩《たた》くなよ。貴様が如《ごと》き使い手、いくらでも代わりはいるのだぞ！本来ならば大聖堂に入れるほどの魔導者でもなかろうに、猪口才《ちょこざい》な口ばかり利きおってからにッ」

「知っているさ、自分の程度など」

「ならば身を控えろっ！」

導師《マスター》は特別な魔導者ではない。【使徒《エルダー》】の特異性には遠く及《およ》ばない。目の前の老女と正面から戦えば、あっという間に敗北するだろう。

「トキトウ・アカリの件に関しては貴様の任だと心得ろ。しくじるなよ。私は礼拝堂を守護することに集中する」

一方的に言い残して、立ち去った。

相変わらずである。間違いなく大陸屈指の実力者だというのに、どうしてもっと余裕のある性格にならなかったのか。怒りと不信をまき散らす老婆を見送る。

「……『主』と【使徒《エルダー》】どもとの折衝のストレスか」

エルカミも【使徒《エルダー》】の一員であるというのに、中途半端《ちゅうとはんぱ》に常識が残っているせいで難儀なことである。

さて、と導師《マスター》は先ほどの会話を反芻《はんすう》する。

大聖堂への侵入。もし導師《マスター》『陽炎《フレア》』だったら無理だ。よくも悪くも、彼女の存在は【使徒《エルダー》】に知られすぎている。エルカミをはじめとした彼らに全力で警戒されては、話にならない。

だが、メノウならば。

まだ【使徒《エルダー》】に警戒されるほどの功績を挙げていない彼女ならば。

「まあ、できるだろう」

人にはそれぞれ立ち位置がある。導師《マスター》が『陽炎《フレア》』のままではできないことも、『陽炎の後継《フレアアート》』であるメノウならばできることもある。

その事実を報告するつもりも、対処をするつもりもなかった。

禁忌を犯す人間を止めることはしない。予防は彼女の役目ではないのだ。

止まることなく禁忌になったものを、世界から切除する。

それに徹したからこそ、導師《マスター》は伝説になった。

メノウが第一身分《ファウスト》を裏切って、この大聖堂に侵入することがあれば切り捨てる。もしも万が一、ここに来なければメノウの寿命が延びることになる。

それだけのことを難しく考える必要はない。

会話が終わったのを見計らってか、フーズヤードが駅舎から顔を出す。

「あのぉ、出口ができたので、側面口からどうぞ」

「ああ、助かる」

当然を当然として、導師《マスター》『陽炎《フレア》』は先へと進んだ。


高貴にして傲岸《ごうがん》、姫として生まれながら果敢な騎士として育ったアーシュナのすべらかな頬が、むにーっと引っ張られていた。

女性としては長身の彼女の頬を下から引っ張るのは、可憐《かれん》なほどに小柄なモモだ。修道院の宿泊の際になぜか『連れの女性の頬を引っ張ってください』と要求されたモモは、仕方ないなぁとわざとらしいほどわざとらしく前置きし、ここ数日一番の笑顔で嬉々としてアーシュナの頬を引っ張っていた。

「ほーら、これでいいですかー」

にっこにこの上機嫌である。手を伸ばして、アーシュナの頬を指先でつまんで伸ばす彼女は

この上なく楽しそうだ。

納得いかないのはアーシュナのほうである。心の広い彼女にしても、意味もわからず頬をつねられる扱いはご不満らしい。腕組みをして、むっつりとしている様には言い表せない威圧感がある。

「あ、ああ。はい。どうぞ……」

教典魔導で誰かと通信をしていた修道院の院長は非常に気まずそうだ。藍色の神官服を纏《まと》う司祭である彼女は、無言で不機嫌さをまき散らすアーシュナを気にしながら中に案内する。

食堂とシャワー室に、二階に用意された個室。

宿泊に使う場所を案内されたモモは自分の体をざっと見下ろす。

アーシュナとの追いかけっこのおかげで、神官服の白服が台無しなほど泥だらけである。それでなくとも雨に打たれて体が冷えている。

「シャワーついでに服を洗いたいので、石鹸《せっけん》と桶に入った水をもらえますか?」

「お、そうだな、モモ。ついでに私の服もお願いしていいか?」

「それとですけど」

モモは笑顔のままアーシュナを指さす。

「こいつとは、絶対に部屋を分けてください」

修道院の基本は、自給自足。自分でやれ、と態度で示した。

ぱんっ、と皺を伸ばした洗濯物をロープにぶら下げる。

上下一繋《つな》ぎの神官服とタイツに、白手袋と下着。モモの服装は基本的に白に統一してあるため、汚れが目立たなくなるまで洗濯するのは大変だったが合格だろう。おしゃれに清潔感は基本中の基本である。干した衣服に合格だと自己採点を送る。

「ちょっとましになりましたね」

シャワーを浴びて旅の汚れを落としたモモは、替えの神官服に着替えていた。

まだ少し髪が濡れているせいか、空気が動くとひんやりとした冷気を感じる。ベッドに腰を下ろす。少し迷ったが、まだ日も落ちていない時間なので荷物からタイツを取り出す。

座った姿勢で片足ずつ通し、皺にならないよう丁寧に伸ばす。しゅるりと衣擦れの音を立てながら膝《ひざ》のあたりまで履《は》いたところで立ち上がり、腰元まで引っ掛かりをつくらないために両手で整えながら引き上げ、手を抜いた。

ぱちん、とタイツが肌になじむ音がする。足を前に伸ばして網目にムラがないことを確認。これならいつメノウの前に出ても恥ずかしくないとおしゃれチェックを済ませる。

白手袋は戦闘時の保護のために着用している。こちらはいいかと怠惰に任せた。

聖地は目前だ。ここに来た時点で、モモはメノウから任された役割を最低限、達している。

メノウはアカリを迎える準備をすると言った。処刑人であるモモの先輩が迎えに行くというのならば、やることは一つだ。

メノウの予想では、アカリを連れ去った導師《マスター》は彼女を人災《ヒューマン・エラー》化させてから殺そうとしているとのことだった。

メノウの想像が正しければ、【時】の純粋概念を時間魔導として世界に落としこもうとしている。だからアカリがアカリでなくなる前に、自分の手で終わらせるべく行動を始めた。

メノウは、自分の手でアカリを殺そうとしている。

メノウが決めたならば、モモは従うまでだ。

「先輩から、任されたのは――」

自分の役割を確認しようとした独り言を呑《の》み込《こ》む。

ぎしぎしと床板の軋《きし》む音が耳に届いた。悠然とした足取りに隠れる気持ちがこれっぽっちも感じられない。誰が近づいて来たのか、それだけで理解する。

こんこんこん、と儀礼だけは外さず三回叩かれるノック。

「モモ、身支度は終わったか」

「……どーぞ」

アーシュナだ。糸鋸を使う可能性がぐっと上がったので、やっぱり白手袋は着用しようと荷物から取り出す。

がちゃりと扉を開いて入ってきた。遺憾の意を表明すべく、モモは翡翠《ひすい》の瞳をジト目にして送る。

「なんの用ですか？」

「なに。少し話をしようと思っただけだ」

手袋をはめながらの質問に軽《かろ》やかな返答をしたアーシュナが、ずうずうしくもベッドに腰かける。

「ここのような修道院で育った少女の一部が神官となって各地に配置される、というわけか」

「穿《うが》ちすぎもどうかと思いますよ。現地で育てる人のほうが多いです」

わざわざ聖地周辺の修道院に連れてくるのは、魔導的な素養が高いか、なにか特殊な事情があるかだ。

「ふむ……モモは第二身分《ノブレス》の出だろう？」

ぴたりと動きが止まる。

「……そうですけど、言いましたっけ？」

「見ればわかる。モモは根本的なところで育ちがいいからな。五歳くらいまでは、第二身分《ノブレス》の親元で育ったはずだ」

「ずーいぶんと鋭いことで」

眉間《みけん》に皺を刻む。分析されたのが不愉快だった。その上、当たっているのが気分の悪さを増加させている。

アーシュナの推測は的を射ている。モモの生まれは第二身分《ノブレス》であり、そこから紆余曲折《うよきょくせつ》あって第一身分《ファウスト》に預けられた。生まれついての膨大な導力量もあって、高い魔導適性を持ちながらも精神的に不安定で扱いにくい子供だったモモの行き着いた先が導師《マスター》『陽炎《フレア》』の修道院だった。

「出身が第二身分《ノブレス》だからって、どうだとは思いませんけどね」

「そうか？　生まれは、育ちと同程度には重要な要素だぞ。他の誰でもない、自分自身が己の生まれに関心を寄せて意味を見出すからな」

第二身分《ノブレス》の生まれ。まさしく姫として生まれ育ったアーシュナは腕を組んで、不敵に笑う。

「そういう意味だと興味深いのはメノウだな。メノウは、どこ出身なんだ？」

「先輩は第三身分《コモンズ》のはずですよ」

「そうか？」

アーシュナの予想と違ったのか、意外だという感情が含まれた声だった。

事実メノウの出身は第三身分《コモンズ》だ。

モモはかつてメノウの出自を調べたことがある。人災《ヒューマン・エラー》によって跡形もなくなった村で、唯一生き残った少女がメノウだ。

「姫ちゃまの野生の勘だと、先輩はどこ出身だと思ったんですか」

「いや。メノウはどことなく――生まれながらの第一身分《ファウスト》みたいな感じだ」

「はあ？」

頭をかきながらのアーシュナの発言は、意味不明なものだった。

第一身分《ファウスト》には女しかいない。神官となる第一身分《ファウスト》の前段階である修道女の選出段階からして、女の孤児のみを選ぶ。縁戚関係がある人間もいない。婚姻自体はゼロではないが、誰かと籍を入れた時点で第一身分《ファウスト》からは除外される。

血縁で続く第二身分《ノブレス》や、経済でつながる第三身分《コモンズ》とは違う。第一身分《ファウスト》は他と利害がないからこそ聖職者であると認知されているのだ。

それが生まれついての第一身分《ファウスト》など、なにをバカなと揶揄《やゆ》しかけた台詞を呑み込んだ。

モモが素養の高さで選ばれたのならば、メノウは特殊な事情ゆえに導師《マスター》に育てられた。

グリザリカ王国で大司教オーウェルの企《たくら》みにより起こった人災《ヒューマン・エラー》で、魂と精神が漂白された子供。それがメノウだ。

記憶もなく人格もおぼろげな時点で導師《マスター》『陽炎《フレア》』に拾われたメノウは、生まれながらの第一身分《ファウスト》といってもあながち間違いではない。

「……先輩は、他の人とは違いますから」

今頃《いまごろ》、メノウはどうしているのか。

トキトウ・アカリのために導師《マスター》『陽炎《フレア》』に反旗を翻《ひるがえ》すことに決めたメノウのことを思う。

もとより頼もしく理知的なメノウだが、彼女は今回、自分をすり減らす覚悟で動いている。

「なにをやろうとしているのかは知らないが――　私の経験上、張り詰めすぎた人間は潰れるぞ」

「……そんなこと、言われなくてもわかっています」

いまのメノウは無理に自分を切り詰めているが、それが間違っているわけではないのだ。

聖地で相手どるのは導師《マスター》『陽炎《フレア》』だ。手札を知られ尽くしている相手。いくら警戒しても警戒し足りない。無理をしなければなにも達成できずに死んでおしまいだ。

ならば、モモがすることは一つだ。

「先輩の支えになることは、なんでもやるのが私の役目です」

アーシュナが、ふっと頰を緩《ゆる》める。

「愛されているな、メノウは」

「姫ちゃまとは格が違うので」

自分たちがあの異世界人にできることはなんなのか。

日が暮れ始めた田園の光景を目に、モモは想《おも》いを巡らせた。


天窓から夕暮れの灯りが降りそそぐプラットホーム。聖地の大聖堂内にある不可思議な停車駅の途切れた線路の端につながる『龍門』が波紋を立てる。

金色の導力光に輝く二次元的な光の門から姿を現したのは、五両編成の列車だ。ゆっくりゆっくりとホームに滑り込んだ列車が停止し、客席のドアが開く。

五両編成の特殊な列車を使用できる人間はごく限られている。大聖堂に入る権限を持つ者の要請があった時にだけ運行される特別列車から降りたのは、五十半ばの正装の男だ。ステッキと山高帽子をかぶっているせいか、高級感のある一部の隙もない服装が逆にうさんくささを助長している。

『盟主』カガルマ・ダルタロス。

三つの身分制度に異を唱え、世界に名を轟《とどろ》かせた男だ。大陸的な犯罪者である彼を、駅舎に常駐している眼鏡の神官が出迎える。

「ようこそ、カガルマ様ですね」

「ここに来るのも久しぶりだよ。二度と来たくはなかったが……駅の管理者は変わったのだね」

「はい、先代から『龍門』を託されたフーズヤードです。どうぞ、よろしくお願いします。今回はお連れ様がいらっしゃるそうですが……」

「ああ、そうなんだよ。自慢の娘でね。是非とも、ここへと連れて来たかったのだよ」

そのタイミングで、しずしずと降車したのは着物姿の少女だ。彼女へとフーズヤードは笑顔を向ける。

「ようこそ、大聖堂へ。お名前をうかがってもよろしいですか?」

入場者は逐一確認するのが決まりだ。規則に従った質問に、少女は気を悪くした様子もなくおっとりと微笑んだ。

「わたくしはマノン・リベールと申します」

「カガルマ様と、マノン様ですね。承知しました。中へどうぞー。北塔はなんだかよく知りませんけど使用中とのことで、南塔での宿泊をお願いします」

「はい、わかりました。しかし――」

フーズヤードの案内を聞いたマノンは自分の乗って来た列車をちらりと興味深げに振り返る。

普通の導力列車は地脈に沿って敷かれた線路で地中から導力を引き出し、列車に積んである導力機関と反応させて車輪を回す。

だがこの列車は地上に敷設《ふせつ》された線路を走っていたのではない。途中で列車自体が導力体に変化して地中に沈み、龍脈そのものを潜航した。旅をすることに慣れている彼女にとっても、初めての経験だ。

「初めて乗りましたが、不思議な列車ですね」

「この列車ですか?」

マノンが停車している列車に関心を寄せたのを見て、フーズヤードは眼鏡を光らせる。

「内装は現代のものですけど、古代文明期の遺失技術による列車です。走行時に導力体になることで龍脈に潜り、高速化が可能というすぐれものにして、古代遺物そのものですよ! 車体がそのまま残って運用されているのは、まず間違いなくこれだけです!」

「古代遺物……道理で、他とは違うと思いました」

人類絶頂期に造られた品、古代遺物。小物ならばごくまれに発掘されることもあるが、現代まで駆動している乗車物となると聞いたこともないほどの貴重品だ。

得意分野とあって饒舌になったフーズヤードの説明に、興味深げな相槌を打つ。

「導力体になることで龍脈軌道に乗って超高速化……導力体になる仕組みはあそこの光壁にあるとして、再構築や内部の乗客を守る仕組みはどうなっているんでしょうか」

「仕組みの解明は現在の魔導技術では難しいだろうね」

よほど興味を引かれたのか、ぶつぶつと考察を始めた少女にカガルマが苦笑する。

フーズヤードは嬉々として説明を始める。

「『龍門』も含めて、素晴らしい技術ですよね。私たちが地脈と呼んで利用している莫大な導力経路ですけど、古代文明期には一般的だったこの列車を通すための『線路』として整備された導力路という説もあるんですよ。夢が膨らみますよね」

「それは……初耳です。わたくしも勉強不足ですね」

いまはなき古代の高度文明の一端を感じながら、大聖堂の南塔にある一室へと到着する。

「それでは、お帰りの際や大聖堂から出る場合は私にお申し付けください」

一仕事終えたフーズヤードは、自分の仕事場である駅舎に戻った。

彼女を見送った二人は、部屋に置かれた革張りの椅子に腰かける。

「【使徒《エルダー》】にはいつでも滞在できる権利が与えられている。ここも君の自由に使ってくれたまえ」

「ありがとうございました、カガルマ様。とても助かります」

丁寧に頭を下げる。いつになく愛想のいいマノンに、カガルマはなぜか不満を浮かべた。

「人目もなくなった。もういいだろう。その顔は、やめてくれたまえ」

顔をやめてくれ、と言われたマノンはことりと首を斜めにする。

「あら……そう?」

口調が、変わった。

空間が揺れて、マノンの顔が変化する。和装はそのままに、おっとりとした面立ちとはまた違う美貌が現れる。深い青色の三つ編みは、髪形はそのままに色素の薄い栗毛に。大人びた顔立ちを飾る瞳は、確固たる意志を感じさせる強さを持つ形へと。

処刑人『陽炎の後継《フレアート》』。

モモよりも一足早く、聖地の大聖堂に侵入したメノウは足を組む。

「改めて、協力感謝するわ、『盟主』」

「なに、君は旧友の弟子だ。気さくに『カガルマおじさん』とでも呼んでくれ」

「……遠慮しておくわ」

距離の詰め方が、微妙に気持ち悪い。

穏やかな口ぶりのまま彼をこき下ろしていたマノンの気持ちがちょっとわかってしまったメノウだった。

二章

聖地動乱

モモがアーシュナとともに聖地にたどり着く、数日前。

アカリと一時の別れを告げて導師《マスター》が乗った列車を見送ったメノウは、まず同じ駅にいるはずの男を探した。

駅の構内にいることはわかっていた。アカリを追って来る途中に目撃したのだから間違いない。その時はアカリを優先したために見逃したが、いまはアカリを追いかけるために彼の力が必要だ。

注意深く駅構内を見渡すメノウに、背後から語りかける男がいた。

「やあ、お嬢さん。構内できょろきょろしているところを見るに、列車に乗り損ねたと見える。これから向かう先の列車でも探しているのではないかね？」

あまりにも絶妙なタイミングに、見計らったように現れる。

「もしもお困りだというのならば、手配しようではないか」

誰かがなにかを欲している時に、必要なものを差し出せるのが『盟主』カガルマ・ダルタロスだった。

＊＊＊

「よく似合っているね。年若い娘さんが着飾る姿は眼福だよ」

大聖堂に【使徒《エルダー》】の一員として堂々と入り込んでから一夜明け、『盟主』カガルマは着物姿のメノウに嬉々として賛辞を送っていた。

いまメノウが着用しているのはマノンの持ち物から拝借した着物だ。小顔で頭身バランスが揃《そろ》っているメノウは基本的になんでも着こなすため文化が違う着物もよく似合っている。

「君は『陽炎《フレア》』から導力迷彩を引き継いでいるのだろう？　それでいながら、服は迷彩ではないのがまたいい。こだわりがあるのかい？」

「い、いいえ、別に着飾っているわけじゃないわ。導力迷彩でごまかすのも、楽じゃないもの。ただの節約よ」

相手のテンションの高さに若干引き気味になりつつも返答する。

メノウは動きながらでも導力光を操り姿を偽る技術『導力迷彩』を習得していたが、元が困難な技術なために維持には精神を削る。

服を調達するコストと比べれば、一瞬の油断で虚像が崩れる導力迷彩はリスクが高い。潜入任務の時にモモがメノウの服をつくってくれる理由でもあった。

「私とマノンは背格好が似ているから、変装も楽ね。迷彩でごまかす部分は、少なければ少ないほど楽だもの。だからマノンから着物を拝借させてもらったわ」

カガルマがひたすらに服装ばかり褒めるあたり、もしやただの和装好きなのではとメノウの頭に邪推が浮かんでいたが、他人の趣味に口を突っ込むのも失礼な話だとぐっとこらえていた。

メノウが軽く腕を動かすと、袖《そで》がひらりとたなびいた。

メノウはまだ動きながらの迷彩技術を身に付けてから熟練するほどの日は経《た》っていない。いざとなればやるが、いざという時以外は進んで採りたい手段ではなかった。

「それよりも、どうしてあっさりと私の同行を許したの？」

「もちろん、君の信用を得るためだとも！」

導師《マスター》との邂逅《かいこう》の後に、メノウは真っ先に『盟主』を探した。よくも悪くも導師《マスター》と縁が深い彼ならば、なんらかの手段を持っていると確信があったのだ。そうでなくとも必要な情報を得るために接触する価値はあった。

だからといって、彼を信用しているわけではない。調子のいい言動のカガルマへ、冷ややかな視線を送る。

「へえ？　背後を取られて脅された覚えがあるけど、それはどう考えればいいのかしら」

「そういうことがあったからこそ、いまこうして君の信頼を勝ち取るために協力しているのだよ。あの時だって、君とゆっくり話したかったと言ったではないか、『陽炎の後継《フレアート》』」

にこやかに語るカガルマの言葉は、筋自体は通っているのに、不思議なほどにうさんくさく感じる。

根本的な部分では、メノウは彼のことを一切信用していない。基本的に敵であるとすら思っている。だからこそ遠慮のない嫌味を飛ばしているが、カガルマと接触することで得られたものは予想以上だった。

「ここに来るまでに、いろいろと貴重な話を聞かせてくれたのも私の信用を得るため？」

「もちろん。君の知らない『陽炎《フレア》』の過去話だって披露したではないか。少しは私のことを認めてくれてもいいものだと思うがね」

メノウも噂《うわさ》に聞いていた、導師《マスター》『陽炎《フレア》』の全盛期。決して本人が話すことはなく、伝聞のみだった話は当事者の一員であるカガルマから語られた。真偽はともあれ、興味深い話だったのは事実だ。

「君は旧友の弟子だ。もっとフランクに、私のことはカガルマおじさんと呼んでくれてもいいのだよ？」

ぞわっと鳥肌が立つ。メノウは自分の手が無意識に太ももに隠している短剣へ伸びていたことに気がつき、せきばらい。意識して手を膝に乗せる。

「私が確認したいことは、過去の『陽炎《フレア》』よりも現在の導師《マスター》の動向よ。導師《マスター》の動きは、アカリを殺すためだけにしては明らかに迂遠すぎるわ」

カガルマのペースに流されては話が進まないと、切り替える。

「導師《マスター》は、アカリを人災《ヒューマン・エラー》化させようとしているとみて間違いないのね」

「ふむ……そうだね。まあ私に聞くまでもなく、頭がいい君のことだ。この世界の文明の根幹。魔導の成り立ちについては仮説くらい立てていたはずだ」

ここに来るまではカガルマが延々と昔話をしていたせいでたどり着かなかった部分である。

話してみたまえと、真実を知っている者特有の目線を送る彼に、メノウは受けて立った。

「純粋概念を宿した異世界人が暴走し、人災《ヒューマン・エラー》が生まれると同時に、彼ら彼女らが魂に宿していた概念が、この世界に遍在するようになる。そうして私たちのような、この世界に生きる人間にも利用できる魔導になる。……そうでしょう？」

「その通りだ」

異世界人の暴走である、人災《ヒューマン・エラー》化。それは災害であり、同時に恩恵でもあった。

「魔導とは、ことごとく純粋概念の模倣と劣化でしかない。導力とは現象を具現化するエネルギーだが、具現化するための現象概念の根幹が純粋概念なんだよ。【使徒《エルダー》】どもはそうして魔導を蒐集《しゅうしゅう》しながら、この千年過ごしてきた」

純粋概念を付与させることは、魔導の存在を引き出すことに等しい。彼らの魂が純粋概念に乗りつぶされると同時に、いままで存在しなかった魔導が生まれるのだ。

「殺すべき異世界人と暴走させる異世界人すら【使徒《エルダー》】が選別している」

「『塩の剣』までの道を、わざわざ大聖堂で管理しているのも【使徒《エルダー》】に関係あるのね」

「あれは数少ない、誰《だれ》にでも扱える不死殺しの武器だからね。かといって、処分するにはあまりに惜しい品だ。誰にも触れられず隔離しておくのが賢い選択ではあるのだろう」

古代文明期と違って飛行技術もないいま、大海に浮かぶ小島となった塩の大地を発見するのは、まず不可能だ。

『第四《フォース》』の提唱者カガルマ・ダルタロスは、ぎらりと目を光らせる。

「世界の統治は小分けにしたほうが楽だ。情報も流通もなければ、大衆は孤立する。そのうえで自分たちは情報を集約できるシステムをつくった。異世界人による人災《ヒューマン・エラー》の被害を無視してね。召喚される異世界人だって、被害者だ」

「それは……」

「神官の持つ教典は情報収集システムの一部だ。集めた情報は大聖堂にいる第一身分《ファウスト》で精査し、年に一度の会議で【使徒《エルダー》】に周知される。世界管理の一環でね」

「未開拓領域すら人為的に造られたものだって言うの？」

「いくつかはね。本当の意味で手に負えない地域は、決して多くない。広すぎる領土は、過去に削られるか分断されてきた。それによってこの大陸国家は、第三身分《コモンズ》が反乱できない程度の集まりに分けられた」

人の流れが分断されれば、情報の共有はなくなる。

それを覆して統合しようとしたのが『第四《フォース》』だ。

「ここまでは大司教クラスなら知っている事実だよ。彼女たちは一国家の教区を預かる立場にいる。聖地に集めた情報を受け取る役割も担っているからね」

多くの教会には遠距離通信が可能な祭壇が設置されている。教典魔導にあるそれを特化させた通信体系を使えば、国家を超えて情報を届けることも可能だ。

「人は幸福に生きる権利を持っている。そのすべてが、自由であるべきだ。『迷い人』など保護するべき弱者だよ。だというのに【使徒《エルダー》】の連中ときたら、この世界の支配者気取りときた！」

「あなたが『第四《フォース》』を提唱したのは、それが許せなかったから？」

「許せるものかね？」

声を荒らげてから、カガルマが顔を押さえる。

「果てに自分が知らぬ間に【使徒《エルダー》】の一員となってしまったなど、許せるものではないんだよ……」

その声には、力がなかった。

「あなたは【使徒《エルダー》】になったのね」

「ああ、不幸な偶然さ。そうなるとは知らなかった。それだけのことだよ」

ここまで【使徒《エルダー》】の存在を明確にしながらも、彼は決して口に出さないことがある。

「【使徒《エルダー》】になる条件は、どんなものなの？」

「それは、君自身で見つけたまえ」

ずばりと聞いた質問に、答えは返らなかった。軽妙なほどに答え続けていた男が、ひやりとした拒絶を示す。

「私はかつて、三つの身分にかかわらず人を集めて、情報を収集した。君は君のやり方で知るといい」

それ以上は語るつもりはないようだ。メノウは無言で頷《うなず》いた。

「君は、アカリ君のために聖地に侵入してきたわけだ」

「ええ」

「世界を回帰し続けた【時】の純粋概念、トキトウ・アカリを――殺すために」

「そうよ」

メノウは頷く。

アカリを殺す。人災《ヒューマン・エラー》になる前に、アカリがアカリでなくなる前に、自分の手で。

処刑人であるメノウがアカリのためにできることは、それしかない。

「そこが不思議だね。手の届く場所まできたんだ。助けよう、とは思わないのかね。友達なんだろう？」

「失礼を承知で逆に聞くけれども、どうすれば助けることになるの？」

アカリを助ける。もしかしたら、不可能ではないのかもしれない。無許可でアカリを殺すにしても、導師《マスター》『陽炎《フレア》』の監視をくぐり抜けなければならない。難易度は上がるが、手段としては変わらないのだ。

だからメノウは、妥協でアカリを殺すわけではない。

「異世界人を助ける方法なんて、ないじゃない」

一時だけ命を助けても意味がない。人災《ヒューマン・エラー》になれば被害が出る。生きていれば記憶がなくなり、トキトウ・アカリという人格が失われる。

なによりも、メノウ自身が許せない。

自分の感情のためにアカリを助けるなど、無意味だ。

「意外とね、なんとかなるものだよ」

やわらかく微笑《ほほえ》んだ。

「ここに来るまでに話したが、君の師匠である『陽炎《フレア》』も異世界人を助けようとして尽力した過去がある」

「おかげさまで、あなたの言葉を信じていいものか、ずっと悩む羽目になったわ」

「ははっ、よくわかるよ。『陽炎《フレア》』は素直じゃないからね」

素直であるないの問題ではない。軽快に笑った『盟主』にメノウは半眼を向ける。

過去に『盟主』と『陽炎《フレア》』の間に因縁があったのは疑いようもない事実である。だがそれが盟友関係だったとは思えない。

「『陽炎《フレア》』がほだされるほどに、魅力的な女性だったよ。思わず、年甲斐もなく私がアプローチをかけてしまうほど光り輝くほどの魂を持つ女性だった」

「……それは、気の毒に」

『盟主』に同情を寄せたのではない。こんなおっさんに言い寄られた見ず知らずの女性に憐憫《れんびん》が湧《わ》いた。

「最終的には『陽炎《フレア》』が殺してしまったがね。残念極《きわ》まりない。あの時、私には彼女の心がまったく理解できなかったが……意外と、いまの君と同じようなものだったかもしれないね」

「……そう」

「私が知っているだけでも、彼女は常に自分の大切な人間を自ら殺してきた。その度に強くなり、完成された処刑人となったんだ」

彼にはこれからなにが起こるのか、わかっているかのようだ。

「これから始まるのは、そういうことだ。君が『陽炎《フレア》』に勝って彼女のような処刑人になるのか、『陽炎《フレア》』が君に勝ってますます処刑人として磨きをかけるのか。私は君が、九割方死ぬと思っている。なぜだかわかるかい？」

「私が導師《マスター》に勝てないから」

「正解だ」

小気味よく頷いた。彼は傍《そば》に置いてあるステッキを持ち上げ、メノウに向ける。

「私が見るところ、君が『陽炎《フレア》』よりも弱いということはなかろう。白兵戦での実力は大きくは変わらないが、若い分、全盛期を過ぎた彼女よりは優っている要素も多いはずだ」

「そう。光栄だわ」

「でも、勝てないだろうね」

そうだ。

それでも、勝てないのだ。

なぜかなど、言われるまでもない。ただの力の過多で導師《マスター》に勝る者などありふれている。メノウ自身、自分より強い相手に勝利をつかんだことが何度もある。力の大小で有利不利を考えることはあっても、勝敗を決めつけたことなどない。

「君は優秀だよ、メノウ君。大司教オーウェル卿に、『万魔殿《パンデモニウム》』の小指。ただの神官ならば押しつぶされるしかないほどの難敵を押しのけて生き残ってきた。けれども君の師匠は、君と致命的に相性《あいしょう》が悪い」

「……」

「彼女は君の判断力をよく知っている。本来ならば君の利点となるはずの部分が、逆に足枷《あしかせ》になってしまう。それがどれだけ致命的なことか、わからない君ではなかろう」

メノウの最大の長所は、トラブルに直面した時の対応能力だ。逃げるにしても戦うにしても目的達成のための手段を構築できる。

導師《マスター》に敵《かな》わないという最大の理由は、メノウ自身がまるで勝てる気がしていないというメンタル面だ。彼女を敵に回すだけでメノウの選択肢が縛られる。

そんなことは承知の上で、聖地に侵入することを選んだ。

「だから、どうしろと？」

「逃げてしまえ」

ここまでメノウを連れてきておきながら、そんなことをうそぶく。

バカバカしい。聞くだけ無駄だった。メノウは立ちあがる。

「おや、どこへ行くんだい？」

「散歩がてらの偵察よ」

聖地に来る前に、仕込みは済ませてある。事前に仕掛けた謀《はかりごと》が進めば、遠からず聖地には騒動が起こる。その際に内部のことを知っていなければ動けない。

「ほう」

漏《も》れた吐息に隠しきれない興味の色が混ざる。

「トキトウ・アカリの居場所をかい？　彼女も、実にかわいらしい少女だったね。いつか私に紹介してくれないかな？　彼女は『迷い人』にしても、非常に興味深い立場にいる」

「いいえ」

首を横に振る。

探すまでもなく、アカリの居場所は知れている。大聖堂に来た時にメノウたちを出迎えた、眼鏡の神官フーズヤードが話していた内容。北塔が使用中というのはアカリを監禁しているからに違いなかった。

メノウがアカリを殺しにくることを導師《マスター》は悟っているはずだ。最悪、導師《マスター》がぴったりと張り付いている恐れすらある。そもそも大聖堂に入り込めたものの、ここから脱出する目途は立っていない。

だからこそ、いまは迂闊《うかつ》に手を出せない。

純粋概念【時】の魔導、【回帰】で死ぬ前に己の時間を戻すことができるアカリは、不死身といっても過言ではない。導師《マスター》がアカリを殺すとすれば、どうするか。彼女がとる手段は聖地にアカリを連れて来たことからも明らかだ。

導師《マスター》は『塩の剣』を使ってアカリを殺すつもりだ。

メノウは幼少の頃に、導師《マスター》に連れられて塩の大地に行ったことがある。だからこそ『塩の剣』のある場所への行きかたを知っている。

『龍門』。

メノウたちが乗ってきた導力列車が通り抜けた光の扉は、またの名を転移魔導陣と呼称されている。導力の道あるところに【転移】を可能とする古代遺物を使い、聖地から塩の大地までの距離をつなげて飛ばす。

眼鏡の神官フーズヤードの管理している【転移】の用意がどうなっているのか探るのが、第一段階だ。


ぱさり、と布がたたまれる音がした。

メノウがカガルマの協力を得て聖地に入った頃。遠く離れた山間の温泉地で、二人の少女が旅館の脱衣所にいた。

少し前にメノウのもとから逃げ出したモモとアカリが宿泊したことで、いろいろと小さな騒動が起こった旅館である。そのせいでお客がぐっと減り、彼女たちは半ば貸し切りで宿泊をしている。

片方は修道服、もう一人は着物姿という統一性のない格好をしている年頃の少女たちだ。特に着物を着た少女には、ふとした指先の仕草に育ちのよさがにじみ出ていた。

マノン・リベール。

大陸最大の禁忌『万魔殿《パンデモニウム》』とともに行動をしている恐るべき少女だ。癖《くせ》のない三つ編みをほどいた彼女は、着物の帯をたたんで肩をはだけようというところで手をためらわせる。

マノンにとっていま脱衣所にいる少女は、せっかく手に入れた同世代の友達候補である。数日宿を共にしていたから、いい機会だし親睦を深めるべく勇気を出して一緒の入浴に誘った。

しかしマノンは肉親を除いて誰かと一緒に入浴するというのが初だった。

「ええと、なんといいますか」

中途半端《ちゅうとはんぱ》に着物を着崩したマノンは、てれっと頰《ほお》を赤らめる。

「照れますね、こういうのは」

育ちのいいマノンは大衆浴場などに通ったことはない。生まれも育ちもお嬢さま暮らしの第二身分《ノブレス》だったため、同性とはいえ他人に肌を晒《さら》すことに羞恥心《しゅうちしん》があった。倫理観のねじが外れているマノンだが、そこら辺の感性は人並みの乙女なのだ。

「そう?」

羞恥に頰を染めるマノンとは対照的に、てきぱきと自分の修道服を脱ぎ終えていた少女には照れも恥じらいもない。

ゆるやかにウェーブした銀髪を持つ、眠たげな目元をした少女だ。涼しげな風情《ふぜい》のある美少女が下着姿になっているというのに、なによりも人目をひくのは右肩口から先だった。

銀色に輝く導力義肢。

導力と精神を接続することで体と遜色のない動きを可能とした義肢技術だ。彼女のそれは人がつくったものではなく、四大人災《ヒューマン・エラー》『絡繰り世』に与えられたものだ。

東部未開拓領域『絡繰り世』で禁忌に堕《お》ちた修道女、サハラ。

義腕を生身と遜色《そんしょく》なく動かして下着を脱ぎ、脱衣かごに投入。

「修道院は集団生活だったから、私にとっては普通」

マノンとサハラ。どちらも禁忌に手を出した、メノウと因縁浅からぬ少女たちである。彼女たちは図太いことに、メノウたちと一戦をかわした後ものほほんと山間の温泉街に滞在を続けていた。

「早く。私は早くお風呂《ふろ》に入りたい」

脱衣の手が止まっているマノンへ、サハラは自分の義腕を伸ばしてさっさと脱げと袖を引っ張る。親愛というよりは行儀の悪いサハラの行為に、平素おっとりしているマノンは慌てて胸元《むなもと》に手を寄せる。

「じ、自分で脱ぎますので！　お手伝いは結構ですっ」

「そう？　じゃあ、お先に」

嫌がるならばと無理強いはせず、恥じらうマノンから手を放す。マノンはほっと息を吐いていたが、その実サハラはマノンの反応がよかったのでお風呂の中ではさらにからかおうと表情を変えずに決めていた。

露天風呂に向かったサハラを出迎えたのは、肌を撫《な》でる外気だ。景色が見える解放感と、もうもうと湯気を上げる源泉かけ流しの温泉に満足げに頷く。

「さすが、高級旅館」

こんな贅沢は修道女ではできなかったなと、集団生活者特有の手早さで体を洗ったサハラはお湯に肩までつかる。

じんわりと全身に染みるぬくもり。ほふうと息を緩めて体をほぐしていると、少し遅れてマノンが入ってきた。他人がいることに慣れていないのか、体にバスタオルを当てている彼女の表情は少し固い。

彼女はお湯につかっているサハラを見て、ふと不安そうな表情を浮かべた。

「サハラさん……右腕、錆《さ》びたりしません？」

「錆びない」

無用な心配に、お湯をかき上げながら導力義肢となっている銀色の右腕を動かす。

「厳密にはこれ、金属じゃないし。腐食自体しないわ」

「そうなんですか？」

お湯べりに近寄ったマノンは、物珍しそうにサハラの義腕をつんつんとつつく。

サハラの右腕が導力で精神接続をした義腕となっているのは、『万魔殿《パンデモニウム》』と並ぶ人災《ヒューマン・エラー》『絡繰り世』が失った部位を補てんして寄生した結果だ。世界を単純化して分解、三つの色で再構成する原色概念。その根源である三原色の輝石は、呼吸する鉱石といわれるほどに生物的だ。

自分と関係のある人災《ヒューマン・エラー》といえばと、サハラはもう一つを思い出す。

「……そういえば、万魔殿《パンデモニウム》は？」

「あの子は、ちょいちょいどこかへいなくなるんです。呼べば来てくれるので、不在の時もあまり気にしていませんでした。呼びましょうか？」

「あ、いい。別に話したくはない」

『万魔殿《パンデモニウム》』。

異世界人の成れの果て。かつては人も文化もあった南端諸島を食い尽くし、世界に癒えぬ傷跡を残し続ける四大人災《ヒューマン・エラー》の一つ。

この世に蔓延《はびこ》る魔物の源泉であり、幼女の形をしたおぞましき化け物だ。

彼女については、マノンの言葉通り居場所にこだわる必要はないのだろう。純粋概念【魔】の代弁者である彼女は、異界とつながる召喚で距離を無視できる存在だ。歩いて旅をする必要がない。サハラは幼女の形をした怪物に恐れを抱いているので、いないほうがありがたかった。

「なら『盟主』は？　あの人も見当たらないけど、どうしたの」

「え？　ああ、そういえばいませんね」

見なくなって数日経っているのだが、いままで気がついていなかったらしい。マノンは桶で温泉のお湯を汲《く》んで体を洗い始めながら、しみじみと。

「いないほうがいいので、特に気にしていませんでした。サハラさんも、あの人とは関《かか》わり合いにならないほうがいいと思いますよ。ちょっと距離感が変な人なので」

ひどい言いざまである。

少し話しただけのサハラでも微妙に言動が気持ち悪いと感じたので、マノンの気持ちはわからないでもないが、ならばなんで脱獄させたのだろうか。

疑問を抱きつつも、深く追求するほど彼に興味がなかった。

「ああ、でも、そういえば……」

「ん、どうしたの？」

「いえ……大したことではないんです」

ついっと唇に指を当てたのは、考えこむ時のマノンの癖だ。彼女はおっとりとした面立ちを困らせて、とある心当たりを吐露する。

「数日前から替えの着物が一着、見当たらなくて」

「……」

サハラは、そっと目を閉じた。

なくなった美少女の着替え。いなくなったおっさんの『盟主』。両者の行方が知れなくなった時期は一致する。

答えは一つである。サハラはカッと目を見開き、力強い声を出す。

「マノン。『盟主』を殺すときは声をかけて。私も全力を尽くす」

「わかりました。その時は、ぜひ！」

乙女が二人、手を握り合った。共通の敵の発生は、仲間意識を強固なものとする。

「とはいえ……ふふっ。さすがに、本気で『盟主』さんが盗んだとは思っていませんけどね」

「そう？　やりかねないと思うけど」

「まあ、確かにやりかねませんけど……タイミングを考えると、メノウさんですね、これは」

メノウ。

マノンの口から出た名前に、サハラは無意識に自分の左手で自分の義腕を撫でる。

「……メノウは追わなくていいの？　あいつ、アカリちゃんを追っていく気なんでしょう」

「それなのですけど、実はメノウさんとは関係なく聖地には向かう予定でした。この街で会った時に情報を差し上げて焚《た》きつけていたのもメノウさんに聖地で動いてもらうためだったんですけど……丁度いいので、あの子が戻り次第、メノウさんに合わせて行動しようと思います」

「ふうん？」

あの子というのは『万魔殿《パンデモニウム》』のことだろう。マノンはマノンで、なにやら陰謀を張り巡らせているらしい。逆にサハラは直情型だ。マノンの考えは読めずとも、嫌な感じはしなかったのでいいかと納得する。

「マノンはどうして万魔殿《パンデモニウム》と一緒にいられるの？」

「どうして、といいますと……楽しいからですけど」

「……へえ」

負の感情がにじみ出ないように、サハラは慎重に声を吐き出す。

お風呂で同性に肌を見せるのには恥じらいを持ちながらも、屍を積み上げ続ける万魔殿《パンデモニウム》と行動するのが『楽しいから』と言い切る。きょとんとした顔で答えるマノンの感性がねじれているのはサハラにもよくわかった。万魔殿《パンデモニウム》と一緒にいて心の底から楽しいと言い切れる精神性は、唯一無二だろう。

それならばと質問を変える。

「リベールの町でのことは聞かせてもらったけど、あなたの考えがよくわからない」

「故郷でのことですか。手並みが雑で、恥ずかしい限りです」

生まれた町に依存性のある人を魔物にする魔薬をばらまき、挙句の果てに血縁を生贄《いけにえ》に捧《ささ》げて己《おのれ》の存在を原罪概念に置き換えて悪魔となった。聞くだにおぞましい所業を指摘されて、本当に恥ずかしげに桶で口元を隠すのだから始末に負えない。

「手並みがどうというより……動機がわからない」

この世に混沌を。

この世に殺戮《さつりく》を。

それは原罪概念の申し子として人災《ヒューマン・エラー》になった万魔殿《パンデモニウム》の思考だ。マノンのものではない。

「あなたは、どうして異世界に行きたいの？」

「ああ、そのことですか。厳密にいうと異世界に行きたいというよりは……取り戻したいものが、きっとそこにあるんですよ」

この世界で生まれたはずのマノンは、湯煙にまぎれそうなほど淡く微笑んだ。

「何度も、何度も何度も、よく聞かされたんです。母から、よくよく、聞いていたんです。わたくしの、年下のお姉ちゃんのことを」

「年下の、姉？」

「はい」

マノンは多くは答えずに微笑む。

万魔殿《パンデモニウム》を連れて旅をしている理由。小さな怪物のために動いているわけ。

「わたくしという人格の根幹は、そこにしかないんです」

誰もが忘れてしまい、万魔殿《パンデモニウム》すらとっくの昔に削りきって覚えていない昔話を知っているからこそ、マノン・リベールはここにいる。

複雑怪奇なマノンの事情をサハラが知っているはずもない。

知る必要もないと、マノンは必要以上に語らない。

「そういうサハラさんは、どうしてまた『絡繰り世』に？　東部未開拓領域には志願されたと聞きました。そこでゲノム・クトゥルワと出会って、禁忌になったと」

「むしゃくしゃしてやった。後悔はしてない」

「わかります。そういう時が、ありますよね」

衝動的に禁忌に手を染めた少女二人は割とどうしようもない行動原理で共感を深める。

体を洗い終えたマノンがちゃぷりと湯船につかる。距離の詰め方に戸惑っているのを見て、サハラは足を伸ばして脇腹《わきばら》を突いてみた。マノンはくすぐったそうにしつつも拒否をしない。

「ふふっ、でも一度、東部未開拓領域には行ってみたいんですよね。『絡繰り世』の中には、ある程度、人間にも友好的なところもあるんですよね」

「一区と三区の前線を避ければ、まあ。十三地区のなかでも八区の器械樹街のあたりとかなら精神汚染もなかったはずだし、導力銃も大半はそこらへんで――」

裸の付き合いでマノンとサハラが情報交換と友情を深めている時、ざぶんとお湯が揺れた。

一体なんだと二人の視線が波の発生源へと集中する。

「ぷはぁっ！」

大きな呼吸音を響かせたのは、白いワンピースを着た十にもなっていない幼い少女だ。歳の割には上品に整った顔つき。胸元に三つの穴が開いた服を着たままの彼女は、黒髪をびしょぬれにしながら満面の笑みを向ける。

「まあまあのお湯ね。ご機嫌かしら、マノン」

万魔殿《パンデモニウム》。

サハラは前触れのない登場に硬直する。どうやって現れたのか、明らかにお湯の中から忽然《こつぜん》と出現した。

マノンは驚いた様子もなく、めっと万魔殿《パンデモニウム》の鼻に人差し指を当てる。

「ダメですよ。服を着たまま湯船につかるなんて、お行儀が悪いです」

「まあ、そうかしら？」

「お湯が汚れてしまいますからね。湯船にはちゃんと綺麗《きれい》にしてから入るのが礼儀です」

「あたしが生まれる度に新品になるから、この服はとってもきれいよ？　なら、まあいっかって思わない？」

「……反論できませんね」

湯浴み着の文化もある。一概に服を着てお湯に入るなとは言えないと、顔を困らせる。

二人のやりとりをサハラは不思議な面持ちで見つめる。

世界の誰もが恐れる人災《ヒューマン・エラー》。人を食い散らかす魔物の原初が『万魔殿《パンデモニウム》』だ。マノンだけは徹頭徹尾、この小さな怪物に対して幼子として接している。

親愛の情が、どこから来るのか。

誰かに優しくしたいという気持ちが、サハラにはそもそもよくわからない。サハラにとって他人とは蹴落とす対象であり、引き下ろすべき存在だ。

「これからの予定を聞いてないけど、なにをするつもり？」

「ああ、伝え忘れていました。サハラさんにも協力してもらいますのに」

協力するかどうかは話を聞いてからだ。いざとなればバックレる勇気を持つサハラに、マノンは胸元に小さな怪物を抱き寄せて上品な微笑みを送る。

「この子と一緒に、聖地攻めを決行します」

「なるほど」

これは、発想が常人とは違う。隙《すき》を見て逃げるべきだ。

やはりこの子には付き合っていられないかもと、サハラは真剣に逃亡方法を検討《けんとう》した。


修道院で宿泊した翌日。

聖地を訪れたモモは、報告の手続きのために教会施設の一つを訪れていた。

周辺にある修道院の管理をしている部署だ。そこでモモの出身である修道院を管理している導師《マスター》と接触をしようと思ったのだが、連絡が取れないらしい。

どうも、数カ月前に管理している修道院を出立してからまったく連絡をとっていないらしい。係の神官に、所在がわかったら報告してくれと逆に頼まれてしまう始末だ。

「……まー、あの人はそういう人ですけど」

やはり素直にしてくれない。空振りに終わったモモは愚痴と諦めを半々に呟く。

メノウと別行動をしているうちにできるだけ導師《マスター》とトキトウ・アカリの情報を集めたいのだが、どちらも影もつかめないほど姿が見えない。聖地にそんな人物はいませんよと報告したほうがよほど簡単な状況である。

「まさか、大聖堂の中にいるとかですかねぇ」

モモの立場で入れない施設は多いが、もっとも堅牢な場所がそこだ。聖地のシンボルである大聖堂は、第一身分《ファウスト》の中でも入れる人間が限られている。導師《マスター》でも役職的には入る権限はないはずなのだが、そこは『陽炎《フレア》』である。なにか裏技を使って入っていておかしくない。

どうしようかと思案しながら手続きを終えて出ると、当然のようにアーシュナが待っていた。

宿泊した修道院から聖地にまで付いてきた彼女だが、手持無沙汰《てもちぶさた》にしている。

「……ひたすらに綺麗なだけの町だな。他に感想がないほどだ」

「姫ちゃまは聖地をなんだと思っているんですか?」

合流するなりアーシュナがぼやく。不満たらたらのご様子だが、第一身分《ファウスト》の集う聖地に娯楽を求めること自体が間違っている。

景観こそ美しいが、この街には人を楽しませて歓迎するという意図は一切《いっさい》ない。

特産品を扱う土産の屋台もなければ、飲めや騒げやの飲食店もない。歴史や成り立ちを解説してくれるツアーの案内人も皆無だ。聖地は一辺五百メートルもないほどに狭い上に、立ち入り禁止区域も多いため、半日もぶらつけば景観を楽しむ場所すら尽きるという徹底ぶりである。

第三身分《コモンズ》の住人がいないということは、経済も流通もないことと同義だ。第一身分《ファウスト》しかいない聖地では娯楽はほとんど排されている。金銭を使う機会がないほどに、誰かのためになにかをする仕組みがなかった。

「よく第一身分《ファウスト》の連中はこんな町で暮らせるな。神経がわからん」

生まれも育ちも第二身分《ノブレス》の王族。暮らしぶりが根っから贅沢でスリルを求める気質のアーシュナにとってはたまったものではないのだろう。まだ半日もいないというのに、面白《おもしろ》みのなさにさっそくぼやいている。

実際問題、よほど真摯《しんし》な第一身分《ファウスト》以外はあまりにもやることがなさすぎるために聖地に寄りつかないという面もある。

当初こそ、『聖地はなにかを隠している結界だ』という持論の補強となるようなものはないかと熱心に街を見ていたアーシュナだったが、驚くほどにほころびがなかった。付け込む余地なく魔導的に完成されている街を前にして、自信満々だった姫騎士の嗅覚《きゅうかく》も探る場所を失ったらしい。

残ったのが、やる気の矛先を失ったやさぐれ姫である。

「しかし……ああ、暇だ。路地裏に入れば暴漢でも絡《から》んでこないか？」

「くるわけないでしょーが。姫ちゃまは、ほんっとーに聖地をなんだと思ってるんですか」

大陸的に見ても聖地の治安のよさは突出している。なにせ住民の全員が第一身分《ファウスト》なのだ。外来者の巡礼者にしたって未開拓領域を踏破して聖地に参拝するほど敬虔《けいけん》な者ばかりである。アーシュナが望むような騒動など起こるはずもない。

「しかしなぁ、モモ」

旅の不便は笑って受けながすアーシュナも退屈には耐えかねるらしい。ぶちぶちと文句を垂れる。

「第一身分《ファウスト》の総本山というから期待したのに、ここまでなにもないとは思わないだろう！　陰謀の一つや二つ用意して然《しか》るべきだ！　実際、遠望した時には明らかな怪しさに満ちていたのに、中に入ってみればここまで無味無臭とは……！　探るべき腹がどこかもわからないとは、アーシュナ・グリザリカの名折れだッ」

「うるっさいですね、姫ちゃまは。こっちも当てが外れたところなんですよ」

「当て？」

「……なんでもないです」

口が滑った。暇が極まって飢えている相手の興味を引いてしまったことに後悔しつつも、雑にごまかす。

モモもただ単純に聖地に戻ってきたわけではない。別行動で潜入しているメノウをサポートするために導師《マスター》の居場所をつかもうとしていたが、自分たちの師匠である『陽炎《フレア》』は影も形も見当たらない。なんだかんだ理由をつけて導師《マスター》の周りをうろちょろして、あわよくばアカリの監禁場所にあたりを付けるつもりだったのに、手掛かりすらないのだ。

いまのところ導師《マスター》は完全に行方《ゆくえ》をくらませている。これではトキトウ・アカリのいる場所が不明なままだ。

だが、無為に過ごすわけにはいかない。

「……大聖堂が怪しいとは思うんですけどねー。入りかたがわからないんですよね、あそこ」

「わかるぞ、モモ。やはり大聖堂か。強度を確認するために、まずは正面扉を試し斬りでもするか？」

「しません。したら、私は即座に周囲の神官と協力してお前を取り押さえますから」

アーシュナの暇が極まっているせいか、言動がかなり怪しくなっている。

穏当なモモの意見を聞いて、不満そうに眉《まゆ》をひそめる。

「しかしなぁ。聖地の隠し事は、間違いなくあの中にあるぞ。一般に開放していない場所には、必ずやましいものがあるものだ」

「別に私は聖地の秘密を暴《あば》きにきたんじゃないんですよぉ……！」

いっそここで姫ちゃまに殴りかかって一騒動起こしてやれば責任者として導師《マスター》を引っ張りだせないかと、モモはモモで生産性が欠片《かけら》もないことを思案し始めた時、向かい側から、一人の男が歩いてきた。

住民のすべてが第一身分《ファウスト》のみで構成されている町では、男だというだけで目立つ。

巡礼者なのだろう。帯剣をしていることから、騎士だということはわかる。覇気のない顔つきに中肉中背の特徴のない姿よりも、珍しい造りの武器に視線が引き寄せられた。刀。

あまり使う人間がいない武器だ。高度な製法が紋章魔導を組み込むのと相性が悪いため、帯剣が許されている騎士たちからも敬遠されている。

なんの気なしに目で追った男性騎士とすれ違ってから、横にアーシュナがいないことに気がついた。

アーシュナが立ち止まっていた。

尋常ではない様子だった。茫然自失《ぼうぜんじしつ》という表現がぴったりはまる。

「姫ちゃま？」

異変に気がついたモモが声をかけても反応はない。視線は虚空《こくう》をさまよい、あらゆる動作が停止して固まっている。先ほどまでと比べて、劇的な変化だ。

「……バカな。なぜ、ここに」

無意識だろう独白には、畏怖《いふ》と絶望。そして隠しきれぬ憧憬《どうけい》と恐怖があった。

アーシュナの視線が、ふらりと揺らめく。いまある目の前の事象のすべてがアーシュナの頭から消し飛んでいた。彼女の碧眼《へきがん》が、先ほどすれ違った男を追おうとして――

「さっきから無視とはいい度胸ですね」

「――んぐッ!?」

モモに頬を引っ張られた痛みで我に返る。修道院に来訪した時と同じく、モモが指でつまんでアーシュナのほっぺたを伸ばしていた。

「も、モモか」

「そーですよ。で、姫ちゃまはどうしたんですか」

思考のこわばりがほどけ、自分の立っている場所を思い出す。

なにかを言うために口を開きかけて、言葉を呑《の》み込《こ》むために口を閉じる。アーシュナが浮かべているのは葛藤《かっとう》の表情だ。

珍しいとモモは瞬きをする。即断即決がアーシュナの生きざまの一つである。行動にしても思考にしても彼女の動きにラグが出ることは稀《まれ》だ。少なくともモモはアーシュナの逡巡《しゅんじゅん》を初めて見た。

数秒のためらいの末にアーシュナが出した答えは『巻き込めない』だった。

「モモ……悪いが、別々に行動しよう」

「悪いどころか普通に嬉《うれ》しいので、どうぞ」

モモには止める理由もない。そもそもいま一緒にいるのだって、アーシュナに付きまとわれたからだ。無視されたのがムカついたので気付けに頬をつまんだが、深い意味などない。

モモの了承に、アーシュナが踵《きびす》を返す。彼女が速足で向かう先は、いますれ違った男性騎士の背中だった。

「知り合いだったっぽいですね」

そのくらいしか思いつく理由はなかったが、詮索《せんさく》するほどの興味も湧かない。通りの曲がり角に消えたアーシュナを見送ったモモは再度、自分の行動指針を立てるための思索に沈む。

居場所もわからない相手に動きがないと、本格的に動けない。さて、これからどうしようかと頭を悩ませていた時だ。

「ああ、ここにいらっしゃったのですね」

道端でたたずんでいると修道女が声をかけてきた。宿泊していた修道院に在籍していた一人だ。モモを探していたらしく、息を切らしている。

「なんですか？」

放っておいても夕方には戻る予定だ。なにを慌てているのか訝《いぶか》しんでいると、彼女は予想外のことを言い放った。

「モモさんのことを大司教がお呼びです」

「……はい？」

大司教。

それは聖地において事実上の最高責任者だ。思った以上の大物の呼び出しに、固まる。

聖地にいる役職持ちでモモに関係あるとすれば導師《マスター》『陽炎《フレア》』だけである。

それがなんの脈絡もなく大司教の呼び出しとなるとモモの理解を超えている。聖地の大司教といえば、第一身分《ファウスト》の頂点といっても過言ではない大陸屈指の人物だ。

「どうして、大司教が？　聖地の大司教って、エルカミ卿ですよね？　私、別に知り合いでもないですし……ただの白服ですよ？」

「理由は知らされておりません。それでも、間違いなくモモさんをお呼びです」

一応、モモは休暇の名目で聖地に帰ってきた。建前《たてまえ》は上官であるメノウの命令でということになっている。

だから呼び出されるいわれなどないのだが、伝言を仰せつかった修道女はモモの手を引いて懇願する。

「お願いですから、早く大聖堂に向かってください」


アーシュナは小走りで先ほどすれ違った人物を追っていた。

この白い町に、騎士で男となれば探すまでもなく目立つ。事実、その男は隠れることもなく歩いていた。アーシュナは追いついた男の肩をつかんで引き寄せる。

振り返ったのは、虚ろな目つきの男だった。歳は三十半ばほど。特別体格に優れているわけでもない、中肉中背の男性だ。

見るからに覇気のない男に、しかしアーシュナは渾身の警戒心を込めて問いかける。

「なぜここにいる、エクスペリオン」

エクスペリオン・リバース。

並みいる神官、蔓延《はびこ》る禁忌、彷徨《さまよ》える『迷い人』を差し置いて、大陸に敵《かな》う者なしと謳《うた》いあげられた騎士だ。

グリザリカの騎士である彼のことはよく知っている。アーシュナが剣をとったきっかけは、ほかならぬ彼の剣技を見たからだ。

同時に、忌々しいことに彼はアーシュナの姉の手先でもある。

剣しか取り柄がない彼が、聖地に来る理由がわからない。

彼にはこれっぽっちも信仰心はない。ただ強くなり、中身がなくなるほど強くなった。

「迎えに行けと言われた」

「……私が従うと思うか」

アーシュナは大剣の柄に手をかける。

十の紋章剣。グリザリカ王家に代々伝わる王剣は、第二身分《ノブレス》の技術の結晶だ。

全力で振るえば、あるいは。

刃を届かせるべく、アーシュナは戦意を研ぐ。

エクスペリオンは、アーシュナを殺さない。優位性があるのだ。

アーシュナの殺気を前に、エクスペリオンは困惑したように首を振る。

「姫を迎えろとは言われていない」

「なに？」

では、誰を。

彼が嘘《うそ》を言うとは露ほども思わない。

自分の意思を捨てて、他人の言うことしか聞かない。

剣であるために、自分の意思を捨てた『最強』。

彼は正真正銘、アーシュナの姉の懐刀《ふところがたな》だった。

「……誰をだ」

「それは言うなと言われている」

なぜとエクスペリオンに問う意味はない。彼は命令した者の目的など知らない。

やれと言われた。

だからやる。

彼にそれ以外の意思はない。

だからエクスペリオンは命令通りに誰かを迎えにきたのだろう。

剣であるがために、動き続けている。言われなければ、寝食すら忘れてそのうち餓死をする。

エクスペリオンという人間は、人としては決定的に欠落していた。

アーシュナは大剣を抜いた。

抜き身の大剣を携えるアーシュナを見ても、彼の瞳《ひとみ》にはいささかの緊張も生じていなかった。

力なく、虚ろで、覇気はない。だが彼の肉体には、技が残っている。

「姫は斬《き》るなと言われている」

遠く、大陸の西方にまで姉の手が伸びてきた。それがたまらなく、アーシュナの嫌悪感を募らせる。

「知っている」

「ただ、こう言えとは言われている」

抜刀。

流麗な動きに、アーシュナは思わず見惚《みほ》れてしまった。

意思がなくとも――エクスペリオン・リバースの強さは、強さを標榜するアーシュナにとって毒になるほど美しい。

「『強さの信者ならば、強者に従え』」

大陸一の強者から、抗《あらが》いがたい姉の言葉が伝えられた。

聖地の中心にある大聖堂は一般開放などされていない。第一身分《ファウスト》でも入れる人間はごく限られている場所だ。

そんな大聖堂の正面玄関前で、モモは自分を呼び出した人物と対面していた。

「お前が神官補佐、モモか」

「……はぁーい、モモでーす」

大司教エルカミ。

第一身分《ファウスト》の最高位に恥じることのない魔導行使者として大陸に広く知られる人物だ。

モモの知るなかでは、古都ガルムに赴任してグリザリカ王国の教区を取りまとめたオーウェルと同格か、任じられている場所を考えればそれ以上かもしれない。

初めて面会した彼女は、背筋のしゃんとした老婆だった。老いてしわがれた両手で、教典を胸に抱いている。肉体は年相応に老いながらも声には活力があふれており、闊達《かったつ》とした雰囲気を伝えていた。

あからさまに緩《ゆる》んだモモの返答に、ぴくりとエルカミの目元が動く。

表情を隠さない性格なのかと、心の中でメモをする。

「お前の上官である『陽炎の後継《フレアート》』メノウはどこにいる」

「先輩なら、禁忌の被害にあった町の復興に行きましたぁ。導師《マスター》『陽炎《フレア》』に命令されたそーです。今回の任務は処刑人の役目とは関係ないので、補佐官である私だけ一時的に聖地に帰らせられましたー」

詰問されているモモに緊張感はない。完全に舐《な》めきった口調のまま応答する。

「お前の教育者は……ちっ。お前の世代で処刑人の系譜なら、『陽炎《フレア》』か」

「そーでぇす。もし私の態度に問題があったらぁ。それはぜーんぶ私を教育した導師《マスター》の責任でーすぅ。よろしければ導師《マスター》『陽炎《フレア》』を監督責任不行き届きの咎《とが》で罷免《ひめん》してくださぁーい」

「神官補佐モモ」

「はぁーい」

第一身分《ファウスト》の頂点を前にして、まさしく神も畏《おそ》れぬ態度をとるモモに命令が告げられる。

「お前を私の直属に配置する」

「……はい？」

本日何度目の驚きか。きょとん、と目を瞬く。

大司教の直属。とっさに言われた台詞の意味をつかみかねた。

「『陽炎《フレア》』といい、その弟子といい、アーシュナ・グリザリカといい、なにを企《たくら》んでいるかは知らん。だがいまは、大陸全土に関わる重大事項が進んでいる。万が一にも、その邪魔をされてはかなわん」

「ええ？」

メノウとならば一蓮托生《いちれんたくしょう》のつもりだが、導師《マスター》やアーシュナとひとくくりにされるのは、とても納得がいかない。思わず不満の声が出る。

それをどうとらえたのか、ぎろりとにらみつける。

「拒否は許さん」

「許さんって……」

「貴様の上官である『陽炎の後継《フレアート》』が引き取りにくるまでは、上役を付けて雑務を任じる」

「……はいはぁーい。わーかりましたぁ」

「付いてこい。大聖堂の中に入る」

言うなりエルカミは踵を返す。命令することに慣れている、有無を言わせない言動だ。

「大聖堂の、中に?」

「ああ、しばらく出ることもできないと思え。ことが終わるまでは、監視下に置く」

彼女を追いながら、状況を整理する。

エルカミがわざわざモモを呼び出してこんな詰問をしたくらいだ。少なくとも目の前にいる大司教にはメノウの動きが捕捉されていないと考えて間違いない。

だが同時に、メノウの動きが疑われている。

アカリを追うメノウに導師《マスター》ならばともかく、なぜ大司教までもが動いているのか。モモは頭を回転させる。

異世界人とはいっても、年に二、三人は必ず召喚される。人為的なものもあるし、自然召喚もある。たかが異世界人一人に、大司教ともあろう者が直々に動くのも不自然だ。

理由があるならば、そこも探る必要があるかもしれない。

大聖堂に入れば、いままで知ることができなかった内部の間取りもわかるしアカリの居場所もつかめるかもしれない。メノウと直接的な協力をすることも可能になるだろう。

なにより、いざという時に助けになる行動をとれる。導師《マスター》の居場所が捕捉もできていない現状、聖地を統括する人物の傍にいられるのは悪いことではない。

とはいえすでに大司教から警戒されているという事実は無視できない。導師《マスター》も、まさかメノウが命令通りに関係ない町の復興作業に従事しているとは思っていないだろう。

「ところで導師《マスター》はいまどこにいるんですか？　帰った挨拶《あいさつ》をしようと思ったんですけど、見当たらなくて。大司教ならご存じですよね」

「はっ、奴《やつ》の行動など知ったことか。集団行動ができないクズだぞ」

大司教すら知らないとなると、本格的な警戒態勢をとっているようだ。

目に見えない導師《マスター》の動きを想像しながら、エルカミの背中について大聖堂に足を踏み入れた。

全霊をかけて、全力を尽くす。

導師《マスター》に連れて行かれたアカリを追いかけると決めた時、メノウはその自分のスタンスをぎゅうっと心に固めた。

自分がやろうとしていることの困難さを、メノウはよくよく承知している。

導師《マスター》『陽炎《フレア》』は、アカリを殺さないようにしている節があった。明確な意図があって時間回帰を繰り返させて、アカリの記憶を消費させている。アカリを人災《ヒューマン・エラー》化させることが目的であるような挙動をとっていた。

その疑問はカガルマとの会話で氷解した。

純粋概念は本来ならば異世界人の魂に内包されている。精神を削り、魂を損なわせることで人災《ヒューマン・エラー》として暴走させ、アカリの魂に定着した【時】の概念を時間魔導として世界に遍在させるのが導師《マスター》の行動原理だ。

だからメノウは、アカリがアカリのままでいるうちに、己の手で彼女を殺す。

最大の障害は導師《マスター》『陽炎《フレア》』だ。メノウの育て親であり、師であり、誰よりも優れた処刑人である彼女は、明らかになんらかの目的を持ってアカリを連れ去った。

「アカリを殺すなら、導師《マスター》だって『塩の剣』を使うはず……」

メノウがアカリを殺すための手段と重なる。どうあがいても導師《マスター》との戦闘は避けて通れない。

だから、自分のすべてを賭けて挑む。

導師《マスター》『陽炎《フレア》』を超えるなど、普通の感覚では不可能だ。なにせ時間を繰り返していたアカリ曰く、メノウが導師《マスター》の裏をかいた成功例は皆無だという。

それを知って挑むなど、バカげている。自分の愚かさを承知の上だからこそ、余力など残していられない。全力で、肉体も、精神も、魂も尽くして行動するのだ。

南塔の階段を、メノウはゆっくりと降りていく。塵《ちり》一つ見逃さない注意深さで、ネズミの足音すらも聞き逃さない用心さで、メノウが持てる最大限の警戒態勢を張り続ける。

マノンの顔を張り付けた導力迷彩の仮面の下で、メノウは微笑んでいた。透き通って美しい、けれども見る者がもしいたのならば、背筋を凍らせるほどの儚《はかな》さを含めた笑みだ。

「……」

大聖堂の内部は、驚くほど人がいなかった。

【使徒《エルダー》】の称号を得たものが大陸情勢の意思決定機関であることは間違いないらしい。

第一身分《ファウスト》の表立った権力は三つ。

善悪を裁く司法権、大陸共通通貨発行権、教会を通した思想教育。

第一身分《ファウスト》の上に立つことができるのならば絶大な力を得ることができる。個人の魔導など問題にならない力だ。【使徒《エルダー》】を敵に回すとしたら、大陸の仕組みそのものを敵にすることになる。

カガルマ・ダルタロスは、かつて【使徒《エルダー》】の暗躍が許せなかった。

「でも……結局は、瓦解《がかい》した」

身分なく、暗躍する支配者なく国をつくろうとした『第四《フォース》』思想は失敗した。まとめ役がいなくなった『第四《フォース》』はちりぢりになり、残りかすはちんけな犯罪集団になり果てた。

だがメノウは大陸の権勢、国家運営など関わる気はない。

メノウが変えようとしている運命は、もっと小さな、けれども大きい影響のある命だ。

「それさえ、できれば」

アカリに、手を差し伸べたいと思ってしまった。

殺すべき禁忌である異世界人へと生まれてしまった友情に対して、いかなる言い訳が介在する余地もない。メノウにとって、アカリへの友情は罪そのものだ。

自分はかつて誓ったのだ。

悪人になる、と。

だから自分は、アカリを殺す。報われてはならないから、アカリを最後に処刑人としての自分を完遂する。人を殺してきた自分だから、どれだけ救われることがなくとも誰かを殺すことで決着をつける。

すでにメノウは脱出のことを考えていない。アカリの暗殺が首尾よくいこうがいくまいが、メノウはここで死ぬのだ。

だから気を張って、気を張って、玉砕覚悟で大聖堂まで来て。

――それで、導師《マスター》に勝てるのか？

不意に湧き上がった自問が、強烈なプレッシャーとなってメノウの心臓を握《にぎ》り潰《つぶ》そうとする。

「――ッ」

導力迷彩が揺らぎそうになった。メノウは慌てて制御に集中する。なんとかマノンの姿を維持したままでいられた。

大丈夫だ。

呼吸を整えながら、メノウは自分に言い聞かせる。

無茶なことはわかっている。自分の分際を超えている。

それでも、やるのだ。

もう、あとには引けない。メノウは再び歩き始める。

目的の場所については大聖堂に到着した時点で目星はついた。間取りも把握した。内部の人員も極端に少ない。いまのところ目にしたのは、転移陣である『龍門』を管理するフーズヤードだけだ。出入りの管理が厳重なせいか、内部に関しては隙だらけである。

最大の問題は、やはり導師《マスター》だ。彼女の居場所がつかめない。

大聖堂の内部は、構造がおかしかった。

メノウは多くの教会施設を見てきた。巨大な建造物ほど、隠し部屋の一つや二つはあるものだというのは承知している。あるいは建築時の失敗で、奇怪な間取りになることもある。

だがこの大聖堂は、そういう問題ですらなかった。

内部に入った時に真っ先に目につく翼廊を貫くホームだけでもおかしいが、さらに先、礼拝堂があるべき場所には進むべき道すらなかった。巨大な祭壇が壁となって、完全に廊下を塞いでいる。

「そっちには行けませんよ」

困惑するメノウに、警告という口調でもなく駅舎にいたフーズヤードが呼びかけてくる。

「そこから先は、エルカミ大司教しか通れません。私の管轄でもないので、見学は無理です」

「そうなのですね。でしたら、おとなしく諦めます」

導力迷彩を維持しているメノウは、マノンの口調と声色を使いながら会釈をして踵《きびす》を返す。

やはり、先があるらしい。大聖堂が結界だということを考えると、なにかを保護しているのだろう。しかも、いまメノウとフーズヤードが立っている奇妙な【転移】駅以上のなにかだ。

くしくもアーシュナが聖地を見た時に真っ先に出した推論と同じ結論に至る。

だが大聖堂がなにを隠しているかなど、いまのメノウには関係のないことだろうと捨て置いた。目的を定めたいま、余計なものを抱えている余裕などない。

とりあえず、深夜にもう一度確認すればいい。元の部屋に戻るルートに足を向けた矢先だ。

目に入った人物に、ぎくりと体が緊張する。

聖地の中でも、とびきりの人物がいた。

大司教、エルカミ。

彼女の存在はメノウも知っていた。

聖地周辺にいる第一身分《ファウスト》で、彼女のことを知らない人間はいない。それほどに有名で、知名度に相応《ふさわ》しい力を持つ大司教だ。

彼女はマノンに化けているメノウを見て、不愉快そうに目元の皺《しわ》を深める。

バレては、いないはずだ。あくまでいまの自分はマノンであることを意識して、メノウはおっとりと微笑んでスルーする。穏便にすれ違おうとして、気がついた。

エルカミの傍《かたわ》らに、モモがいた。

二つ結びの桜髪をシュシュで飾った後輩は、マノンの顔を見てからはっと目を見開く。

どうして、気がついたのか。モモはすれ違いざまに、きゅっと着物の裾《すそ》をつかんで、離す。

モモらしいアピールに、少し、口元が緩んだ。

心強い味方がいる。

現金なことに、それだけで足取りが軽くなった。


メノウがいた。

マノン・リベールに化けていたようだが、モモにはわかる。そもそも人間の姿を模した悪魔となっているマノンが聖地に入れるはずもない。あれは確実にメノウだ。

彼女が無事に入り込んでいるのを見て、モモは内心でガッツポーズをつくる。

ご機嫌なモモとは対照的に、エルカミは舌打ちをした。

「マノン・リベール……ちっ、カガルマ・ダルタロスの連れか。大陸を騒がせたクズどもが聖地に入り込みおって。カガルマの小僧が、マノン・リベールを聖地に入れるようにしたのか？ 忌々《いまいま》しい……！」

不機嫌の理由は簡単だ。大聖堂に入り込んでくる面々の存在が気にいらないらしい。特に犯罪者に関しては、処分できないことにフラストレーションがたまっているようだ。

モモも『盟主』カガルマの名は知っているが、エルカミでも迂闊に手出しできないらしい。

「大司教」

「なんだ」

「いえ……お仕事、ストレスたまりそうだなって思っただけです」

ぎろりとにらむ。

「口を閉ざせ。すぐに貴様の教育係を付ける。覚悟をしろよ」

ごもっともな指摘に、モモは肩をすくめた。

エルカミに取り入るのは難しそうだった。上役とやらを情報源として期待しようとモモは口を閉じた。

大聖堂にあるという特殊極まりない駅舎を住まいにしている出入り管理者フーズヤードは、自分のことを普通の神官だと思っている。

年は二十三。顔立ちはそこそこ、スタイルもそれなり。十歳の頃から低下する一方の視力を矯正するために眼鏡《めがね》をかけているのがチャームポイントだと自分では思っている。最近では自分の体の一部となっている眼鏡は自作で魔導式を組みこんで、ちょっとした魔導具にしてあるので、愛着が他の眼鏡愛好者とは違うのだ。

彼女は十八歳の時に藍色の神官服に袖を通すことを許されている。正式な神官として認可されたのは、平均よりちょっと早い程度だ。特別、才気あふれる第一身分《ファウスト》だとは自他ともに思っていなかった。

導力適性は高かったのだが、戦闘には性根が向いていなかった。実戦も重んじる第一身分《ファウスト》の基準が、学業面では優秀だったフーズヤードには少し合っていなかった。だからどこに所属するようにとも求められることはなく、正式な神官となったフーズヤードは巡礼神官として大陸を旅することになった。

フーズヤードは自分の性格も含めて平均的な腕前の神官の一人だと思っている。おおむね彼女の自覚に間違いはないのだが、残念なことに一点だけ、常人からずば抜けて逸脱している部分があった。

フーズヤードは、控えめにいって変態的なほどに『龍脈』を愛していた。

大地に走る地脈と空に流れる天脈、二つ合わせた星の大動脈。

フーズヤードの偏執的なまでの執着は、龍脈に対する繊細な導力接続による観測技術に変わり、あるいは素材と紋章の組み合わせによる魔導式での干渉技術へと成長した。

聖地に引き抜かれる前に大陸各地を巡礼し、未観測なものも含めた正確な地脈の経路地図と天脈の移り替わりの変遷、己が観測した龍脈に即した都市計画書を提出しては旅行資金を稼いで、また別の龍脈を観測して悦《えつ》に入る生活を送っていた。

出世欲も使命感も薄いフーズヤード自身はひたすらに流れる龍脈に沿って巡礼神官をしていたのだが、二十歳の時に、彼女の主観ではなんの前触れもなく大聖堂に引き抜かれた。

実のところ類を見ないほどの正確無比な龍脈報告書が複数の国の関心を集め、一部の第二身分《ノブレス》がフーズヤードを求めるあまりに騎士を派遣しては衝突を繰り返す事件が起こっていたのだ。異端審問官が出張る事態にまでなった騒ぎの発端である報告書は、仔細を確認した大司教エルカミがフーズヤードを手元に引き抜くことを決意するほどのものだった。

基本的にほわわんとしているフーズヤードは、もちろんそんな裏の事実など知らない。なんか知らないけど、いきなり大司教に引き抜かれて聖地大聖堂内の出入り管理を任された。それがフーズヤードの理解だ。

大聖堂は、出入りに【転移】を必要としている。『龍門』を使った転移の魔導陣は導力の経路を構築して人間を通す魔導であり、人工的に小さな龍脈をつくる魔導技術であると言い換えてもいい。

フーズヤードにとってみればまさしく天職である。しばらくは前任の司教とともに仕事をしていたのだが、師匠とも呼べるべき彼女は半年前に高齢を理由に引退した。ただでさえ機密の多い大聖堂の中にいる若い神官だ。さまざまな雑務がフーズヤードに降りかかることとなった。

そんなタイミングだったからこそ、自分に補佐官ができると通達されたフーズヤードは泣いて喜んだ。

「やっと、やっと待望の後輩が……！」

エルカミからの通信を受けた教典を掲げて歓喜に震える。

「そろそろ限界だったんだよ。エルカミ大司教、仕事が急だし。『龍門』管理以外の雑務が多いしさ！」

彼女は眼鏡の奥の瞳を潤ませる。

なにせ彼女は数日前にエルカミから長距離転移魔導陣の仕事なんてものを任されていた。突然、一週間で塩の大地までの転移魔導陣の経路を用意しろと言われた時は、あまりの無茶ぶりに涙目になったものだ。

普通に無理である。実際問題、普通は無理なのだが、フーズヤードは本人の自覚とは裏腹に普通ではない。必死こいてなんとか準備を進めていたが、仕事のあまりの煩雑さに、これが終わったらいい加減に補佐官が欲しいと思い始めていた。

大聖堂では貴重な経験を積んでいる。特に転移陣など『龍脈』に関わる高度な魔導理論に触れるのは楽しい。地脈と高度な接続を可能とする『龍門』の管理と転移陣の理論構築の発展に一生を捧げることに迷いはない。

だからこそ、補佐が一人いればやれることも増えると切望していた。

そう思っていたタイミングで、大司教から補佐官ができることを告げられた。助かったとエルカミに感謝の念を捧げた。フーズヤードは後輩のもとへと向かう。

「失礼しますっと！」

いったいどんな子が来たんだろうと補佐官が待っているという部屋に入ると、かわいらしい少女が立っていた。

「モモです」

まだ幼さが残る、桜色のツインテールが愛らしい少女である。自分より、十歳くらい年下だ。この年齢で白服とはいえ修道女ではなく神官なのはすごいと素直に感心した。なんにしても見るからに可憐《かれん》な後輩を、フーズヤードは大歓迎した。

「はじめまして。私はフーズヤード。よろしくね、モモちゃん……って呼んでいい？」

「勝手にすればいいんじゃないですか」

おそろしく素っ気ない返答だった。

言葉と表情の熱のなさに怖気《おじけ》づきかけたが、会話を諦《あきら》めてはなんにもならない。いまのフーズヤードは、遠距離転移の魔導陣構築に集中したいのだ。彼女は自分の補佐官。人見知りするのかもしれないじゃないかと、仕事を切り分け負担を減らすべく、めげずに話しかける。

「私の仕事は、主に転移魔導陣『龍門』の管理なんだけど、モモちゃんは儀式魔導が得意？どんなことができるか教えてもらえると嬉しいな。天脈への干渉は難しいだろうけど、地脈操作での儀式魔導に必要な素材と紋章構成を合わせた魔導式の構築とか――」

「は？」

目の前の少女が、人語をしゃべる異生物を前にしたような顔つきになる。

「地脈での儀式魔導操作なんて、普通に無理ですけど？　常識で考えてください。あれ、一生を費やす専門家の仕事ですよ」

「んん?」

あれーと首を傾《かたむ》ける。

話が違う。自分の仕事を楽にしてくれるための補佐官ではないのか。

正直な話、フーズヤードの仕事は地脈の繊細な操作ができなければ話にならない。エルカミだって、当然フーズヤードの役割は知っている。知っているはずだ。まさか毎日、大聖堂の出入りを任せている部下に興味がなさすぎて適当な人間を適当に配置したということはないだろう。ないはずだ。たぶん。きっと。おそらく! ないっ、はずなのだ!

そんなことがあってたまるかこんちくしょうッ、とフーズヤードは自分を鼓舞する。

深呼吸をして、気持ちを落ち着ける。自分は、いきなり過大な要求をしてしまったのかもしれない。見たところ、十代の女の子ではないか。いまはまだできないのかもしれないが、きっとこの子は才能があるのだ。

「じゃ、じゃあ教典魔導が得意とか? 教典魔導が得意だと儀式魔導にも向いて――」

「教典魔導なんてほとんど使いません。導力強化で殴ったほうが早いじゃないですか」

「――なんでそうなるのぉ……?」

フーズヤードは膝《ひざ》から崩れ落ちて絶望した。モモは明らかに第一身分《ファウスト》のなかでも戦闘員タイプだと悟ったのだ。間違っても内勤に配置されるタイプではない。ましてフーズヤードの仕事の手伝いなど、論外だ。

さめざめと嘆くフーズヤードを、モモは冷たく見下ろす。

「さっさと仕事、教えてくれません？　まずは大聖堂の内部のことを知っている限り教えてください、メガネさん」

「め、眼鏡って……う、うん。わかったよ。大丈夫、モモちゃんにも手伝える仕事、見繕うから！　あ、よかったら先輩って呼んでくれても――」

「は？」

「なんでもないですッ、モモちゃんさん！」

恐ろしい顔ですごまれた。

重ねて恐ろしいことに、にらみつける時に導力強化を発動させていた。導力量がやばいのを肌で感じる。小心者のフーズヤードは、年下の威圧にあっさりと屈した。

魂から生成される導力が多い人間は、精神的に危うくなることが多い。やっぱりこの子、戦闘タイプの中でもバーサーカー属性じゃんと上司のエルカミに百回文句を言う。ちなみに直接言う勇気はない。

なんか、想像と違う。

理想の後輩とのギャップに半泣きになるフーズヤードは、とりあえず簡単な素材の調達を頼もうと仕事のピックアップを始めた。

三章

聖地激動

聖地を通り過ぎた先は、緩《ゆる》やかな丘陵地帯になっている。

丈の短い草花の生い茂る穏やかな坂を登ると、頂点にある侘《わび》しい雰囲気を醸《かも》し出《だ》す修道院にたどり着く。その修道院に所属している人員が他とは一線を画するのだが、外観に特徴はないため誰かの興味をひくことはない。

修道院を丘のてっぺんにして再び下りになるすそ野には少し不思議な光景が広がっている。細い杭《くい》のような石碑が等間隔で並んでいるのだ。

銘が彫られるでもなく、装飾もない一メートルほどの石には他と差別化しようという意思がまるでない。すべてが等しく、見分けをする意味もないほど均一に地面に打ち付けられて並んでいた。

そこは墓地だった。

下り坂を覆《おお》っている一本一本が、世界のどこかで死んだ第一身分《ファウスト》の墓標だ。巡礼者が見ることのない西の奥地にあるのは、世界中の殉教者を弔う慰霊地だった。

しばらく留守にしていた修道院に姿を現した導師《マスター》は、誰のものとも知れぬ墓標に寄りかかりながら見慣れた風景を眺める。

処刑人という第一身分《ファウスト》の暗部を育てる傍《かたわ》ら、聖職者の墓地の管理を担うのが導師《マスター》『陽炎《フレア》』の任された修道院の表向きの役割だ。

第一身分《ファウスト》の多くは、死んだ後に名を残すことなどない。

あくまで慰霊の地であるため、石碑の下に遺骸や遺品が実際に弔われることはまずない。大陸各地の教会で死亡した第一身分《ファウスト》の人数を集計し、数えられた分だけ石の墓標が増えていく。

芸術性もなく、無機質で作業的に並んでいるだけだというのに、数が揃《そろ》うと壮観になるのだから不思議だ。

並ぶ墓石を磨いているのは修道女たちだ。丘の上にある修道院で処刑人になるために集められた少女たちである。仮にも彼女たちの統括者である導師《マスター》は作業を見守るでもなく眺めながら、指に挟んでいた紙巻煙草《たばこ》をくわえる。

「火」

『イエス、マスター』

一文字の要求に応《こた》えるべく、導師《マスター》が脇《わき》に抱えた教典から魔導構築がされる。

『導力：接続――模倣回路・擬似概念【光】――発動【劣・光熱】』

発動した魔導によって導力が物理現象へと変換され、光が集中して熱となる。

ちりりと煙草の焦《こ》げる音を聞きながら、一吸い。煙草の先に火がともる。

【光】の擬似概念。

便利な魔導だ。いまのように光熱を集めれば攻勢魔導にもなるし、なにより視覚に干渉できるという点で、この上なく優れている。かつて一人の異世界人が召喚された際に星の源泉から付与された概念であり、純粋概念【光】を気ままに操った彼女が人災《ヒューマン・エラー》となることで魔導として世界に遍在することになった。

純粋概念を持つ異世界人を召喚する真の意義は、彼らという個人の力を求めるものではない。召喚の際に異世界人の魂に純粋概念を付与することで星から概念を引きずり出し、魔導として人類の手中に収めることにある。

立ち上るか細い紫煙を目で追いながら、口の中で煙を遊ばせる。

嗜好品《しこうひん》である煙草だが、普段は吸わない。味わいは好きでもないし、なにかに依存するほど弱くもない。なにより煙の臭いが付く上、常習すれば体臭にもなる。

現役《げんえき》を引退したといっても、いつ何時、陰から人を殺すことになるかわからない立場だ。暗殺者が本分である彼女が、隠密の妨げとなる煙草など好むはずもなかった。

体の害になる。戦いの不利になる。下手をすれば死に直結する。

悪いことだらけだからこそ導師《マスター》『陽炎《フレア》』はどうしても無駄なことをしたくなる衝動に駆られると、一本だけ煙草を吸うことを決めていた。

自虐に都合がよすぎる道具だ。大きく口を開け、喉《のど》をならして煙を吐き出す。

くはっという音とともに白い煙が宙を泳ぐ。

これが肺を蝕《むしば》み、いつか自分を殺すことに期待でもしているのだろうか。気の長い自殺に自嘲《じちょう》して、人差し指と薬指で煙草を挟んだ手を下ろす。

腰元から体に絡《から》みつく紫煙が立ち上る。

吸わずとも、火のついた煙草の長さがじりじりと減っていく。煙を味わいたいという欲求がないためか、口元から離してただ無駄に燃やしていく時間がもっとも心落ち着く。

自分の人生も、こうして燃え尽きてしまえばいい。そう思うのに、自分を焼きつくす炎など存在しないことが導師《マスター》『陽炎《フレア》』の不幸でもあった。

多くの人間を殺してきた。人を殺して、命を食らって生き延びた。導師《マスター》が初めて殺した人間は、第一身分《ファウスト》だった。自分の人生と人格に大きな影響を与えた事件の犠牲者も、きっとここで眠っている。

のどかな丘に並ぶ石のどれかが、彼女たちが生きて、自分が殺したことを証明している。

ふと、ここにはいない死者を思い出す。

彼女が『陽炎《フレア》』と呼ばれ始めた頃にできた、友人だった異世界人。

――吸い方に品がないね、君は。

人に煙草の吸い方を教え込んだくせに指をさしてけらけらと笑った奴《やつ》の声が、ふと脳裏《のうり》によぎった。

ムキになって矯正しなかったのは、いま思えば彼女の思惑通りだったのかもしれない。

再び煙を吐き出すのに合わせて、口を開いて笑う。くはっとあくびにも似た大口から、笑い声と一緒に煙が吐き出された。

『マスター。先ほどから思っていましたが、その吸い方は少々品が——……⁉　ま、マスター、焦げます！　私は灰皿代わりにはなりません！』

悲鳴を黙殺して、導師《マスター》は無慈悲にもおしゃべりな教典を灰皿代わりにして灰を落とす。

先んじて教典を黙らせたのは、苦言がうっとうしかったからではない。

この教典に宿る意識はあいつではない。だというのにたまに顔をのぞかせる共通する言動が、どうしようもなく苛立《いらだ》つ。

教典をベースに、生きていた人間の精神と魂を注《そそ》ぐことで意識を創りだす擬似生命体。導力生命体の成りそこないにして、自分の弱さがつくってしまった失敗作だ。

かつては殺意こそが自分の存在価値だった。

人を殺して生まれたのが自分だった。人を殺して育つのが自分だった。

それ以外のものを求めた時に、『陽炎《フレア》』の運命は行き止まりになったのだ。

一人を殺せればよかった人生だったというのに、他人の命を求めた。世界が変わるかもしれないと、本気で思ったことがあった。そして当然のように、期待のすべては消えてなくなった。

つまり、どうしようもないのだ。

「黙っていろ。お前は道具だ。わかったな？」

『……イエス、マスター』

それでいい。

「さて、メノウも待っている頃だろうが……エクスペリオンに巻き込まれては、たまったものではないな」

『来ているのですか？』

「まず間違いない」

アーシュナ・グリザリカに有無を言わせない強さを持つのはエクスペリオンだけだ。優秀な人間を偏愛するグリザリカの病弱姫は、今代のグリザリカ王家の中で末の妹だけを愛している。

「あれも【使徒《エルダー》】の一人だからな」

最強でも無敵でもない導師《マスター》にしたら、殺意を向けられたくない人間は何人かいる。死を超越しかけているゲノム・クトゥルワしかり。【使徒《エルダー》】にして大司教のエルカミしかり。グリザリカの懐刀《ふところがたな》であるエクスペリオン・リバースもその一人だ。

当然、不出来な弟子はその中に入らない。

『マスターは弟子をどうされたいのですか？』

「殺すさ」

『それにしては、ひどく迂遠《うえん》です』

「そうか？　まあ、多少の期待がないでもないからな」

導力量にも恵まれず、身体能力にも恵まれず、結果としてわずかな取り柄だった導力操作を極《きわ》めたといっても過言ではない導師《マスター》だが、彼女をして唯一、不可能な技があった。

生きた他人と導力を接続する、導力の相互接続。

メノウとアカリが容易《たやす》く行うあの技は、この世界では他にできる人間がいないほどの奇跡の結晶だ。

事実、『陽炎《フレア》』もできなかった。

できるはずだと信じていた友人とも、耐えがたい痛みが発生して互いの精神を削った。どれだけ受け入れたつもりであっても、どれだけ受け入れてくれると信じていても、理想値からは程遠かった。

導力の相互接続とは、互いに魂を差し出す行為だ。

魂に触れる導力操作を一方的に可能とするメノウは、自分の真価を知らない。

「期待を超えていれば、少なくとも私など問題にはならないはずだからな」

『……それは、マスター。いささかご自分を過小評価しすぎかと』

「そうか？」

少なくとも導師《マスター》がメノウならば、いまの『陽炎《フレア》』程度は問題にしない。メノウ自身が自覚していない彼女の特異性はそれほどのものだった。

「私に殺されるのなら、その程度だということだ。私を超えることができなかったのならば、弟子である価値はないからな」

煙草の熱が指にまで伝わってきた。短くなった煙草を指ではじいて捨てる。

『導力：接続――模倣回路・擬似概念【光】――発動【劣・光線】』

教典から放たれた光熱が、空中で吸い殻を焼き尽くす。

ゴミの処理役として優秀なのは認めざるを得ない。くつくつと喉を鳴らすと、教典が不服そうに明滅する。

『マスターは、わかりにくいのです』

「誰かと感情を共有するのが嫌いなものでな」

導師《マスター》は白く輝く聖地に視線を向ける。

歩いて一時間ほど。

導師《マスター》はゆっくりと、聖地に向かって歩き始めた。

お互いに大聖堂に入り込んだ日の翌朝、メノウとモモは密会をしていた。

「モモ、あの眼鏡《めがね》の人の手伝いを任されたのね」

「はい、ちょうどいい相手が上役につきましたぁ！　人がいいんで、うまくすればいろんな情報が絞れそうですぅ」

メノウにとってみれば列車の降車時に出迎えにきた神官、モモにとっては体《てい》のいい情報源扱いであるフーズヤードである。

二人が話している場所はメノウが滞在している南塔の部屋である。モモはどうやらフーズヤードと同じく大聖堂の中にある奇妙な駅舎の部屋で寝泊まりをすることになっているらしい。そこを抜け出してメノウに会いに来ていた。

エルカミは出入りもままならない大聖堂にモモを閉じ込めて情報を遮断しようとしたのだろうが、メノウが先んじて潜入に成功していたため逆に密談が簡単になっていた。

「大聖堂っていうくらいだからどんなものだって思いましたけど、内部はざるですねー」

「それだけ外部の対策に自信があるんでしょう。実際、正攻法じゃ侵入は無理よ」

「でもモモと先輩の二人は入れましたぁ。あのメガネの情報だと、導師は大聖堂内じゃなくて修道院にいるみたいですー。いまなら、あのおっぱい女に接触することもできると思いますぅ！」

「うん……でも、意味がないわ」

侵入はできたが、出ることができない。いまはまだアカリと接触するタイミングでなかった。

「塩の大地までの転移陣ができるまで、待つしかないわね。モモが『龍門』の管理人と接する立場にいるのは、かなり助かるわ」

「えへへー」

先行して探っていたモモの情報に感謝する。

『龍門』を管理している彼女は聖地を攻略するとっかかりになる。塩の大地までの長距離転移に大聖堂の出入りの管理。メノウが行動する上で、欲しい情報が彼女には集約している。

「ところで先輩ー」

情報交換の最中。モモは部屋の片隅でニコニコしている男を見もせず指さす。

ひゅんっとモモの表情から笑みが消える。瞳孔が広がり殺意が宿る。

「あれ、なんですかぁ？　殺していいですよねー？」

「あれは気にしなくていい存在よ」

メノウもカガルマのあしらいかたについては慣れてきた。

害はないのだ。ニコニコしてモモを見ているカガルマの視線から、後輩の姿を遮る位置をとる。

モモからすると、メノウと同室にいるという時点で許しがたい存在だ。しかもそれが怪しいおっさんとくれば、拒否感はひとしおである。

「じゃあ、モモはしばらくあのメガネについて情報を引っ張りますぅ」

「わかったわ」

行動を打ち合わせて、解散となった。

転移の儀式魔導陣。

『龍門』と地脈を使った長距離の瞬間移動と呼べる魔導の原理は、メノウたちが聖地に来た特殊な魔導列車と変わらない。

導力で道をつくり、対象を一時的に導力体に変換して任意の場所で再構成する。個人での【転移】はそれこそ純粋概念の持ち主でもない限り不可能ではあるが、大聖堂には古代遺物である『龍門』がある。これを使えば、メノウたちが乗ってきた魔導列車と同じ理屈を再現することはできる。

とはいえ、さまざまな制約が付《つ》き纏《まと》う。

最大の問題は海を隔てた先にある塩の大地にまで、地脈の経路がないことだ。導力の経路がなければ、魔導の効果はつながらない。かといって人力で導力をつなげる距離ではない。フーズヤードの知る塩の大地の座標は、大陸にあるもっとも近場の港町から出航しても数週間は到着に時間がかかるほど、遥か彼方にあるのだ。

だが、方法がないわけではない。事実として、フーズヤードの前任者は幾度か塩の大地への経路をつなげて【転移】を行使した。

世界には、地脈と同等以上の導力の脈流がある。

天脈だ。

天脈は上空を流れる龍脈であり、地脈と遜色《そんしょく》ない導力の大動脈である。膨大な【力】でありながらも地脈と違って都市エネルギーとして活用されていないのは、上空の流れが固定されていないことである。移り変わる流れをつかむのは困難を極めるため、並の魔導行使者ならばさじを投げる。

だが、こと龍脈に関わる魔導に限定すればフーズヤードは紛《まぎ》れもない天才だった。

「……」

金色に輝く『龍門』の前で膝《ひざ》をつき、祈りを捧げる彼女の全身から、神秘の気配が香り立っていた。

深淵に触れる儀式が見せる没我の極致。夢とうつつの境にあって賢者のごとき全能感に酔いしれる。いまのフーズヤードはまさしく、人知の及ばぬ奇跡を乞う聖職者そのものだった。

いまのフーズヤードを目にすれば、誰もが見入るほどに陶然とした集中力だ。

彼女が手に握るのは金色の鍵だ。三つの鉱石を組み合わせ、十二の宝石をはめ込んだ導器。厳選した素材にフーズヤードが手ずから刻んだ三十三の紋章が連なる魔導式が、導力を通じて彼女の精神を『龍門』へとつなげて天へといざなう。自分の導力を、細く、細く、高く、天まで届く位置へと接続する。

尋常な魔導発動とは一線を画する、導力接続。

フーズヤードの魂は、天の流れに沿っていた。彼女からすれば導力は支配するものではない。精神で操るのではなく、あくまでも流れに寄り添い、願い祈れば応えてくれる。

魔導行使とは、【力】との対話だ。

フーズヤードは星の一部とつながっていた。転移魔導陣の作製にかかる労力は、導力路を繋《つな》げることにある。任意の場所に移動するには、細くとも、いままでになかった道をつくる必要がある。つなげるべき道は、距離があればあるほど困難になる。

聖地にいる神官千人の中で、発動可能な人物は両手の指の数ほどいない秘儀。

『龍門』を通じた長距離転移魔導陣の作製が、成った。

「――つながった」

無心にして忘我の境地から、意識ある人格の現世へと覚醒する。

フーズヤードは困難な儀式魔導陣を成功させていた。西の聖地から、遙か海を隔てて浮かぶ塩の大地まで。どんな船乗りだって航海を諦める海洋を超えて、転移の道をつなげてみせた。

ここまで長距離なのは、フーズヤードも初めてだ。じぃんと胸が打ち震える。

自分が汗だくなのに気がつき、ふうっと満足げに腕で額をぬぐう。

「またかわいい子をつくってしまったよ。ふふふふ」

自分がつくった導力路に我が子でも見るかのような視線を向ける。どう言い繕っても変質者の言動だが、幸いなことに目撃者はいなかった。

期日通り、無理難題を切り抜けた。とりあえず今日の作業は終わりだ。転移陣から大聖堂へ。

部屋に戻ると、モモが待機していた。弾むフーズヤードの足取りに、モモが怪訝《けげん》な顔をする。

「どうしたんですか。機嫌がいいっぽいですけど」

「わかっちゃう？　いやー、きっつい仕事が終わるんだぁ！」

「へえ」

気楽なフーズヤードの返答に、モモの瞳が、きらりと光った。それを見逃したのはフーズヤードが研究者向きの魔導行使者だからだ。

のんびりした性格である彼女には、状況が目まぐるしく変化する戦闘はまったく向いていない。ゆっくりと時間をかけ、素材と魔導式を積み上げて発動させる儀式魔導を愛している。地脈の流れが強く感じられるところならば一日中過ごしても退屈することはないし、天脈の調査に駆り出されれば大陸にある霊峰をいくらでも踏破してみせる。

龍脈にかける情熱に関しては、人後に落ちない神官だ。

反面、対人感情にはだいぶ鈍かった。

「モモちゃんさん、ちゃんと魔導の勉強すればいいのに。才能あるよー。楽しいよー？」

「余計なお世話です。できる気がしないんで、いいんですよ」

ダメかぁ、と肩を落とす。

結局フーズヤードがモモに任せているのは、書類仕事の手伝いなどの雑用である。魔導技術に関《かか》わる部分は触らせていない。モモの導力操作技術が、そこまで至っていないからだ。

雑用の時間が節約できるので助かってはいるのだが、せっかくできた後輩にも龍脈に関わる儀式魔導の快感を教えたいのだ。

基本的にスペックの高いモモは、いままで特に問題なく力ずくで押し通していたのだろう。モモの才能は明らかだ。そもそも導力に恵まれているということは、世界に愛されていることに等しい。巨大な導力の流れである龍脈に沿って生きてきた彼女はそれをよくわかっていたため、導力が豊富なモモが指をくわえたくなるほどうらやましい。

モモならば素材も魔導式もなく、教典だけでも地脈の流れに干渉できるだろう。フーズヤードが地道に素材と紋章を組み合わせて魔導式を構築し、さらに儀式導器を作製してと、一カ月は時間をかけることを、一日でできてしまうのだ。

「そんなことができたら、私ならぁ、あそこをああして……ふふうふふうふ。大陸の龍脈地図をもっと素敵に変えるのに一生を費やせるぅ。いいなぁ。モモちゃんさん、いーなー。……はっ！　モモちゃんさんが手伝ってくれれば、いまからでも……！」

「なんで私が手伝うと思ったんですか？」

「え⁉　なんで私の心が読めたの⁉」

「声に出てますよ、駄メガネ」

呼び方が『メガネさん』から『駄メガネ』に降格していた。うっかりさらした醜態に、年上の威厳とはと頭を抱える。

「そんなことより、大司教ってどんな人なんですか？」

「え？　大司教のことが龍脈より気になるの？　モモちゃんさん、変わってるんだね」

「普通はどこにでも流れている龍脈より身近な大司教のことが気になるんですよ」

大司教エルカミ。

フーズヤードは自分の上司の顔を思い浮かべる。

彼女は当代一の魔導行使者だ。フーズヤードも龍脈を用いた大規模魔導式にかけてはそうそう譲らない自信はあるが、エルカミを前にすればそんな自信は紙切れだと自覚している。

「エルカミ大司教はねー、怖い人かな」

「怖い？」

「うん。すぐ怒鳴るし、いつも機嫌が悪いし、会話すると二言目から愚痴だし、三言目には無理難題で、正直、しゃべりたくない……」

だんだんと目が虚《うつ》ろになっていく。フーズヤードにとっては本気で疫病神みたいな人である。

「ただね。びっくりするくらい、普通の人でもあると思う」

「普通？」

「うん。普通」

エルカミは敬虔《けいけん》さで第一身分《ファウスト》として位階を昇りつめたわけではない。策謀も陰謀もなく、魔導能力の高さでのし上がった。人格的には、わかりやすい部類だ。

純粋に、実力と功績で他に代えのない人物となった。

「なにより、あの人の導力は奇跡的だよ」

言いながらフーズヤードは自分の眼鏡に導力を流す。

『導力：接続――紋章・眼鏡――発動【導力視】』

フーズヤードの眼鏡が導力光を帯びる。彼女は自分の眼鏡に導力の動きをより詳細に見える紋章を刻んでいる。発動させた紋章魔導を通して、モモの体にある【力】の流れを観察する。

一度、これでエルカミを見た時に、フーズヤードは感動で言葉を失った。

「うーん……モモちゃんさんもいい線いってるけど、大司教には及《およ》ばないかな」

「……なんですか、その眼鏡」

「ん？　現象になる前の導力を視認するための紋章具だよ。これで見るとモモちゃんさんは、ちょーっと精神が足らないかな」

肉体、精神、魂。エルカミはその三つの質と量、バランスが群を抜いている。龍脈至上主義のフーズヤードがうっかり見惚れてしまったほどだ。

モモの導力を見たフーズヤードは魔導発動を打ち切って、普通の視界に戻る。

「モモちゃんさんは将来に期待って感じだね。ここに来る前まではなにをしてたの？」

「予想はついてると思いますけど、戦闘ですよ」

「やっぱりかー」

さすがに処刑人の補佐官であるなどという真っ黒なところまでは想定はしていなかったが、

概ね予想通りである。

「だからかなぁ。モモちゃんさんは、導力に恵まれている意味を甘く見てるよ。導力が強くて便利、くらいにしか思ってないでしょう」

「はい？」

「いい、モモちゃんさん。導力っていうのは、世界の現象の根幹なんだよ？　人間っていうのは、肉体という素材と精神っていう人格をもった【力】の魔導現象なの。人間の本質は導力にあるんだから、それに接続して操作できることが、どれだけ偉大なのかって考えてみて？」

突飛に聞こえる理論でありながら、フーズヤードの声は賢人が人を諭す響きを持っていた。

それは星という巨大な大動脈を追ってきた彼女が二十余年で得た、一つの真実だ。

「……だから、どーしろと？」

「だからモモちゃんさんも、儀式魔導に打ち込もうよ。自分を超えた大きな導力の流れに身をゆだねる快感を――」

「嫌です」

話のオチが付いた。素っ気なく提案を却下されたフーズヤードは、肩をすくめる。

そのタイミングで、フーズヤードの教典が導力光を帯びた。第一身分《ファウスト》が占有している通信魔導だ。フーズヤードが同調させている相手は大司教であるエルカミだけなので、上司からの連絡であることは間違いない。

自分の教典に掌《てのひら》を置いて、内容を確認する。

「モモちゃんさんや」

「なんですか。次、地脈トークを始めたら書類をぶん投げますから」

「違うから怖いこと言わないで⁉　いやさ、うちの上司が、とうとうボケてしまったよ」

「は？　なんの連絡だったんですか？」

「いいよ、聞かなくて。たぶん誤報だもん」

どんな報告だったのか、質問を放り捨てるフーズヤードにモモが鋭い視線を向ける。いいから教えろと言わんばかりのモモの視線にフーズヤードは肩をすくめて、自分の教典を指さした。

「あははっ、なんか外に――」

説明しようとした時に、扉が開いた。

現れたのはエルカミである。彼女はフーズヤードをぎろりとにらむ。

「遅いぞ、たわけがッ。モモをこっちへ寄越せと連絡を入れただろうがッ！　なにをもたもたしておる‼」

「はいぃ！　申し訳ありませんっ！」

明らかにエルカミがせっかちなだけなのだが、叱責されたフーズヤードはすくみあがってぺこぺこと頭を下げる。叱責に涙を浮かべるフーズヤードには目もくれず、エルカミはモモへと視線を移す。

「まあいい。この場ですませるぞ。……モモ」

「はーい。なんでしょーか」

「あれが、貴様らの策か？」

「はい？」

指示語で話されても困るだろうに、とフーズヤードはモモに同情を寄せる。エルカミは疑問符をつけるモモを鋭く一瞥《いちべつ》。

「いや、聞くまでもないか。あんなことが勝手に起こるわけがないからな。……ついて来い」

エルカミが有無を言わせず駅舎を出る。モモとフーズヤードが彼女についていくと、たどり着いたのは二階の回廊の窓辺だ。外からは様子がうかがえない結界となっているが、中から外の風景は普通のガラスと遜色なく見通せる。

そこから外を見ろとエルカミは指先で窓を叩《たた》いた。

フーズヤードがなんだと寄ってみれば、驚きの光景があった。

「うっわー……」

巡礼路から、魔物の群れが迫っていた。野生の動物ではありえないシルエットをしている怪物どもが這《は》い寄っている。十や二十ではきかない数である。

「この魔物の量は『万魔殿《パンデモニウム》』か？　どうやって人災《ヒューマン・エラー》を誘導した」

「いや、大司教。なんでモモちゃんさんのせいになるんですか？　言いがかりはやめてください！」

「貴様は黙っておれ！　龍脈に関することしか能がないクズめの意見などいらんわ！」

「ひゃい！」

先輩としてかばおうとしたのだが、無駄な努力だった。エルカミの大喝に身を縮ませる。

なにより嫌疑をかけられたモモが気にしている様子がない。

「びっくりですねぇ。なんでしょーかね、あれ」

「あくまでとぼけるか」

「悲しいくらいに信用がないですね、私。ずっと大聖堂にいたじゃないですか」

「事前に仕込みぐらいはできようが。『万魔殿《パンデモニウム》』が直々に来ようが、魔物が聖地の結界を抜けるなど不可能だから放置してもいいのだが……モモ」

「はい」

エルカミの皺がれた指が、窓の外を示す。

「迎撃に出ろ」

「迎撃に」

下された命令に、モモは自分を指さす。

「私、一人で？」

呟《つぶや》いてから、窓の外の景色を指して、確認。

「死ねと？」

「死んでも構わん。貴様の無実が証明されるとしたら、あの魔物を殲滅《せんめつ》した時だけだ」

傲岸《ごうがん》なもの言いだ。命令されたモモは腕を組む。

理不尽な命令だ。義憤に駆られたフーズヤードが立ち上がる。

「え、エルカミ大司教！　いくらなんでもそれは――」

「黙れ。貴様はとっとと『龍門』を使って聖地の外縁部に転移をつなげる準備をしろ」

「――ううう……」

最後まで言わせてもらえすらしなかった。

先輩として後輩が守れなかったと落ち込んでいるフーズヤードをよそに、モモは内心でこの場でエルカミを殺して逃げるのと魔物の群れを蹂躙《じゅうりん》するのと、どっちが楽だろうかと真剣に検討《けんとう》していた。

「わーかりましたぁ。やりますよぉー、です」

「も、モモちゃんさん？　大丈夫なの……？」

「別にいーです」

モモも神官のはしくれだ。エルカミがどれだけ肉体的に衰えていようとも、見ればわかる実力差が、まざまざと伝わる。

導師《マスター》『陽炎《フレア》』のような不気味さはない。ただ単純に、彼女には勝てないということが見ていれば伝わるのだ。

それほどに実力がかけ離れている。

別に命を懸ける場面でもなし。実際問題、あの魔物の群れに突っ込んでも死なない自信があるモモは、しぶしぶ了承する。

ありがたいことに、エルカミは導師《マスター》『陽炎《フレア》』ほど理不尽ではなかった。

「安心しろ。私も出る」

「え？　大司教がですか」

フーズヤードは眼鏡の奥でぱちぱちと瞬きをする。

反応したフーズヤードにエルカミが水を向ける。

「なんだ、貴様も前に出るか？　龍脈バカといえども神官だ。やれないことはないだろう」

「滅相もありません！　私みたいなドクズは引っ込んでますぅ！」

臆病気質なフーズヤードは、半泣きになって、全力で戦闘を固辞した。


魔物の群れが聖地に続く巡礼の道を埋め尽くしている中で、修道服を着た少女が群れの後方にいる魔物の頭の上にいた。

古代の草食獣に似た、ぐうっと長く伸びた首が特徴的な魔物だ。四足の足が交互に進むたび振動でウェーブのかかった銀髪が揺れる。

視界が良好な高さから、サハラは双眼鏡を使って魔物に取り囲まれる聖地を見ていた。

百を超える魔物の行進である。人間がつくった巡礼路で収まるはずもなく、修道女たちが丹精込めた田園を踏み荒らしながら進んでいる。

「壮観」

歴史上でも、聖地を攻撃した者など何人いたか。曲がりなりにも聖職者であった自分が、まさか攻める側に回るとは思わなかった。

サハラが見たところ、修道院にいた修道女たちは避難がすんでいる。第一身分《ファウスト》にならずとも、さすが訓練された集団だ。混乱することなく適宜反撃をしながらも聖地に入った。

魔物は魔物であるというだけで聖地には入れない。魔導で編まれた聖地は、世界一高度な大規模結界だ。逃げ場所としてこれ以上の場所はないだろう。

聖地周辺部で生活を営む修道女ですら危険を前にして整然とした行動をとれる。

聖地に赴任している正式な神官が出てくればどうなるか。

「ま、勝てる気はしない」

サハラとしても戦力差はわかっている。

魔物が強くなるには時間が必要だ。原罪概念から生まれた生物は、罪を重ねるほど強くなる。人を傷つけ、町を崩し、文明を破壊すればするほど強力になる。

だからこそ古代文明を滅ぼした一因となった万魔殿《パンデモニウム》は、この世の混沌に相応《ふさわ》しいおぞましさを得た。

逆をいえば、生まれたての魔物は召喚時によほどの生贄《いけにえ》を注がなければさほどの強さを持たないのだ。

不肖の自覚はあるが、サハラとて聖地出身の修道女だ。周りで囲んだ魔物の百匹が千匹になろうとも、聖地を攻め落とせるはずがないことぐらい理解している。

唯一有効な手段があるとしたら兵糧攻めくらいなものだ。聖地の糧はほとんどが自給自足で完結しているため、修道院の田畑を焼けば困窮待ったなしである。ちょうど魔物が踏み荒らしているので、これだけでも嫌がらせとしては十分だ。

ただそれも、長期的に聖地に籠城させるだけの戦力があればの話だ。本気になれば、半日もかからず殲滅されるだろう。

数で勝とうとも、質の面でどうしようもなく負けている。下手をすれば、この程度の魔物の群れは優秀な神官が一人いれば駆逐される。それほどに第一身分《ファウスト》の層は厚い。

たとえ魔物の群れに『万魔殿《パンデモニウム》』の小指が混ざっていようとも、だ。

「なら、どーしてついて来たの？」

不意打ちの質問に、ぎくりと体がすくんだ。

おそるおそる目線を落とすと、足元に白いワンピースの幼女がしゃがんだ姿勢でいた。

上品で利発そうな面持ちとは裏腹に、ぽっかりと虚ろを詰め込んだ瞳。彼女が着ているワンピースには、万魔殿《パンデモニウム》の欠落を表すかのように三つの穴が開いている。

寸前まで、絶対にいなかった。サハラの心を読んだかのようなタイミングでの出現だ。実際に読心されたとしても驚かない。

なにせ、一度は失ったサハラの体をつくったのは目の前の怪物だ。

「……えと。マノンは、友達だから？」

「まあ、そーなの？」

嘘《うそ》を吐ききれずに疑問符をつけてしまった。膨大な冷や汗を背筋に流すサハラに、追及はなかった。

「それならいいのよ。友達って、とっても大切だものね？」

ニコニコと笑う幼女の姿が、どろりと溶けて消える。

しばらく固唾《かたず》を呑んでいたが、なにが起こることもない。気配がなくなったことに、ほっと安堵《あんど》の息を吐く。

「人災《ヒューマン・エラー》は、これだから怖い……」

一挙手一投足が、人間から離れすぎている。ただ移動するだけでも、自分を殺して召喚することで動き回る。そのあり方は、すでに人間のものではない。

東部未開拓領域の『絡繰り世』もそうだった。世界観を塗り替えるほどに人間離れしているのに、なぜか人間に関わる。半端に近い位置にいるからこそ、より恐ろしい。

サハラの素直な心情を告げると、聖地攻めを断ったらなにをされるかわからなかったので逃げるに逃げられなかったのだ。

正直、サハラがマノンたちに協力しているのは、事の成り行き以上のものがない。積極的に協力するには理由がないが、逃げ出すには万魔殿《パンデモニウム》がちょっとばかり怖い。マノンのことも嫌いではないから手伝っているだけだ。

だからサハラは命を懸けるつもりはさらさらない。今回にしたって、嫌がらせ以上のことはしない。適度なところで逃げる気である。

「おっ」

聖地はどんな迎撃に出てくるか。負けても構わない気楽さで聖地の入り口を双眼鏡で覗《のぞ》き込んでいたサハラは声を上げる。

片方は、知らない老婆だ。だが壮麗な司教服を着ているために正体がわかった。

大司教エルカミ。当代一の魔導者と誉れ高い神官の頂点だ。サハラが禁忌となったいま、間違っても知り合いになりたくない偉大な人物である。

逆立ちしても勝てっこない大物だがサハラの心をより強くとらえたのは、もう一人だった。

服装こそ、取るに足らない白服の神官服を着た少女だ。しかし、かわいこぶった神官服のふりふり改造具合に見覚えがあった。

「これはこれは」

不穏な声を漏《も》らし、サハラは双眼鏡を放り捨てる。地面に落下して壊れたそれには目も向けない。

メノウの神官補佐、モモ。

彼女はサハラにとっても知らない相手ではない。迎撃に誰が出てこようがどうでもよかったが、まさかの大当たりだ。

魔物任せで真面目《まじめ》に戦闘をするつもりがなかったサハラは、右腕を前に向けて伸ばした。

彼女の生身の右腕はゲノム・クトゥルワに引きちぎられた。挙句に東部未開拓領域で原色概念に浸食され、最後にはサハラを完全に蝕んだ義腕だ。

世界の理《ことわり》を原色に分解しては侵蝕し、システムを塗り替える『絡繰り世』の欠片《かけら》。人の魂と同じく導力を生成する特性を持つが、メノウとアーシュナの二人を圧倒した桁違《けたちが》いの出力は失われている。

それでも、相応の【力】は残っていた。

サハラは義腕の手先を遠方のモモに向け、意識を集中する。

『導力：素材併呑――義腕・内部刻印魔導式――起動【スキル・遠距離狙撃型《そげき》】』

金属部品が組み上がる音を立てて、右腕が変形する。

義腕としての構造から、射撃武器へと変換される。肩口が膨らみ衝撃を吸収する機構に、逆に肘から先はまっすぐに、細く、長く伸びていく。

サハラの右腕が、長大な狙撃銃と化す。

膝《ひざ》を立てて、銃身を固定。変形した自分の右腕へと、導力を流す。導力銃の機構を完全再現した武器腕は自動的にサハラの導力を硬質化し、弾丸の形へと生成する。

スコープ倍率を多めにとって、覗き込む。

大司教であるエルカミは、どうやら専守防衛の姿勢をとっているようだ。自分に襲い掛かる相手以外に積極的な攻撃に出ていない。

反面、桜色の髪をした少女は迷いなく魔物の群れに突っ込んで紋章魔導により高速振動している糸鋸を振り回している。その暴《あば》れっぷりは見間違いようもなく知己の人物だ。

ただしサハラには友好的な感情は欠片もない。

倍率を上げ、照準を合わせていく。少女が二つ結びにしている桜髪を留めているのが、赤いリボンではなくシュシュなのを見て、口元を歪《ゆが》める。

「リボン、なくしてやんの」

赤の細身のリボン。嗜好品などない処刑人を育てる修道院で、これ見よがしに付けていた品は任務中の戦闘で失ったのか、はたまた別の理由か。サハラは知る由《よし》もないがここから見えるのは、モモがリボンを付けていないという事実だ。

メノウはいまだ、黒いスカーフリボンで髪をくくっているのに。

サハラの修道服をはぎ取ったどっかの誰かがつくった、あのリボンで。

左手を、そっと引き金に添える。

「サバサバ系女子の私にも、忘れられない恨みはある」

自称サバサバ系女子のサハラは、導力銃となった右腕から【力】の弾丸を放った。


寸前で気がついたのは、直感としか言えなかった。

あえて要因を挙げるのならば、監視するように後ろに立つエルカミの意識がモモから外れて遠方に向いたからというのもある。それにつられて、ねばりつくような視線と殺意を察知した。向けられた感情は周囲の魔物のおぞましさよりも粘着質であり、むしろ気がつくなというほうが無理があったのかもしれない。

モモは本能でとっさに頭を下げた。

次の瞬間、モモの背後で大口を開けていた魔物の頭が弾け飛んだ。

一瞬遅れて、乾いた発砲音がモモの耳に届く。

「狙撃……!?」

珍しい攻撃に驚きつつも、即座に魔物を盾にする。

どこから。外した初弾、流れ弾で弾け飛んだ魔物の肉片から方角の見当をつける。

おそらく魔物の群れの後方からだと分析をしているうちに、二発目。

やはり着弾に遅れて、モモの耳に発砲音が届く。

導力銃は禁制品である。

第一身分《ファウスト》に隠れて流通している導力銃の中でも狙撃型のものは少ないし、スナイパーを名乗れる精度で狙撃銃を取り扱える人間はさらに限られる。

モモにしても狙撃されたのは人生で初めてだ。

だが対処だけならば戦闘訓練の一環として教わっている。そのため一発目と二発目の狙撃間隔に違和感があった。

「……移動、してない？」

遠距離から攻撃できるのなら一発ごとに動くのが定石だろうに、弾着の方向と発砲音に変化がなかった。

よほどのへたくそか、相当に舐《な》められているのか。もしくは護衛でも傍《そば》にいるのか。

考えをまとめるために、とんとん、とつま先で地面を叩く。

着弾から発射音が聞こえるまでの間から計算すると、距離はおよそ四百ほどだ。導力強化をしたモモならば、狙撃手を相手に回しても距離を詰めるのは分の悪い賭《か》けではない。

一瞬だけ目をつぶり、ルートを頭の中で描く。

「やってやろうじゃありませんか」

決意を固めれば早いもの。

モモは、まっすぐ駆け出した。

二発目。

狙撃の音が鳴りやむタイミングで、挑発に乗ったモモがまっすぐに突っ込んできた。

相手の動きを把握するため、サハラは背の高い魔物の頭の上で膝を立てて座っていた。

場所は一発目の狙撃から動いていない。モモもサハラが隠れ潜む気がないことを察したから飛び出した。

予定通りだ。あえて狙撃場所から動かずに見つけさせたサハラの思惑通りの展開である。居場所を把握されたいま、動いても意味はない。

「単純バカ」

激情家のモモのこと。根気比べをするよりかは、耐え切れずに飛びかかってくるに決まっていた。

迎え撃つまでだ。

突進してくる桜色の頭を狙《ねら》う。狙撃型導力銃となった右腕が、サハラの導力を吸い取り【力】の弾丸を生成。セットされるのを感じ、引き金を絞る。

三発目。

導力弾が銃身を走る摩擦熱で、一瞬だけ大気が揺らめく。大気熱でゆらりと歪むスコープの景色。モモがのけぞったのが見えた。

ヒット。いや。

モモは足を止めていない。明らかに直撃したにもかかわらず彼女が無事な理由を小さく呟く。

「【障壁】」

狙撃を防ぐために、神官服の紋章【障壁】を発動させた。予定通りだ。

導力銃は誰でも使えるという点で凶悪な兵器だが、第一身分《ファウスト》にとっては対処がたやすい兵器でもある。神官服に刻まれている紋章【障壁】を貫通できる威力は出ないからだ。

だが紋章魔導は、一度の発動から再度の魔導構築まで二、三秒かかる。一秒以内に二度以上の紋章魔導を発動できるような超絶技巧の持ち主もいるが、それは稀《まれ》だ。サハラの知る限りではメノウや導師《マスター》『陽炎《フレア》』、そして司教以上の神官ならば可能かというレベルである。

モモにメノウほどの導力操作技術はない。【障壁】の防御ははがした。次は避《よ》けるしか手段がない。ここでもう一度来る狙撃をかわせるかどうかが勝負の分かれ目、とモモは思っているのだろう。

サハラは余熱さめやらぬ銃身を下げて、立ち上がった。接近の足は緩めなかったものの、狙撃手らしからぬ動きにモモがいぶかしげな表情を浮かべる。

狙撃をするには、近すぎる間合い。おあつらえ向きである。

別にサハラは、狙撃手ではないのだから。

『導力：素材併呑——義腕・内部刻印魔導式——起動【スキル・中距離掃射型】』

サハラの武器腕が、再度、組み替えられる。

細身のシルエットから、鈍重さを感じさせるほど武骨で図太い円形に。銃身が円柱をいくつも束《たば》ねた形へと変化する。

サハラは自分の右腕がどういうものか、把握しつつあった。

自分の義肢を形成する、原色の魔導素材。

これは極小の魔導兵の集合体だ。

無機物でありながら、有機的に変化する。三色の素材がそれぞれに組み合わさって、自在な形に変化する。組み合わせ次第では、意識を形成することすら可能だ。三原色の魔導人形はその極致であり、間違いなく人類発祥以来の人間以外の知的生命体である。

点の遠距離狙撃から、面制圧の機関銃へ。

モモはサハラが居座る魔物の足元に到達している。もはや完全に目視できる距離だ。ちょうど機関銃の制圧範囲である。まずは騎乗の魔物を攻撃してサハラを叩き落としてやろうとしていたモモがぎょっと足を止めた。

「ボコボコにされた、子供時代の私の恨み――――」

現在進行形で恨みを抱え続けていなければ絶対に口から出ることのない台詞《せりふ》を呟きながら、導力強化。発砲の反動に備えて身体強化をしたサハラの全身が導力光を帯びる。

「――――受け取れ」

掃射。

機関銃となった右腕の銃身が高速回転する。

途絶えることなくつながった発砲音とともに、導力の弾丸が降り撒《ま》かれる。もはや狙いはつけていない広範囲攻撃だ。周囲にいる魔物も巻き込んだ攻撃は、到底かわせるものではない。

メノウならば教典魔導で防いだだろう。

だがモモには防御できる紋章魔導の用意もなく、なすすべなく銃弾を全身に浴びた。

モモが迂闊《うかつ》に飛び込んできた時点でサハラの勝利は決まっていた。

導力の弾丸がまき散らされるのにしたがい、サハラの導力が減っていく。摩擦熱で一気に右腕の温度が上がる。排熱が追いつかない。

これ以上は銃身が歪みかねないと、文字通り手を止める。

慣性で回転する銃身を下ろしながら、着弾地点を確認。乱射によって地面は耕され、もうもうと土煙が上がっていた。

これで無事のはずがない。死体の確認はこれが晴れてからと気を緩めた時だ。

土煙を切り裂いて振るわれた糸鋸が、サハラが乗っている魔物の首に巻きついた。

「は？」

あ然とする。モモは生きていた。

神官服やタイツはボロボロで、ところどころから薄く血が出ていたが重傷には程遠い。暴れようとする魔物を首に巻いた糸鋸で力ずくで押さえ込んでいる点からも、健在なのは疑いようもない。

確かに、込めた導力が不足気味だったかもしれない。弾数が多い分、狙撃に比べ一発の威力はかなり劣った。それでも周囲の魔物はズタズタになる威力だったはずだ。

そんな弾幕のなかで、どうやって生き残ったか。

単純明快。

モモの体を覆う、導力光の燐光《りんこう》。

魔導になる以前の導力操作、肉体の性能を引き上げる導力強化で耐え抜いた。

「痛《い》ったいですねぇ……！」

モモが苛立ちを吐き捨てる。

紋章や教典での防御魔導ならばともかく、生身の導力強化で弾くなど信じがたい。雑魚《ざこ》とはいえ魔物をひき肉にする威力は、痛いですむレベルではないのだ。

「モモ……！　相変わらずの導力モンスターっぷりね」

「はあ？」

サハラの声を聞いて、モモが顔を上げる。

サハラが修道院を去って以来、およそ十年ぶりか。顔を合わせたモモが、サハラをはっきりと目視して言う。

「誰ですか、あんた」

びきっ、とサハラのこめかみに血管が浮いた。

モモは二つ結びの桜髪を揺らして、声を低くする。

「知っている奴にだって気軽に呼ばれたらムカつくのに、知らない奴に名前を呼ばれたくないんですけどぉ？　ていうか、なんで私の名前を知ってるんですか？　私のストーカーですか？　気持ち悪いので、いまから殺しますね」

こめかみに二本目の青筋が浮いた。

修道院では二度三度と襲い掛かってきたくせに、挙句の果てには人の服を強奪《ごうだつ》までしてくれやがったというのに、忘れやがったのか。

煽《あお》りでも挑発でもなく、本気でサハラのことなどきれいさっぱり忘れたモモは会話を放り投げる。

「まあ、いいです。覚えてないってことは、どーでもいい奴だってことです」

魔物の動きを押さえていたモモの糸鋸に導力が流される。

『導力：接続――糸鋸・紋章――発動【振動】』

振動する糸鋸が、巻き付いていた魔物の首を削ぎ落とした。

首を刈られた魔物がどうっと倒れる。上に乗っていたサハラは落下しながら義腕を初期状態に戻し、着地。二人の目線が対等な位置になる。

サハラの服装を見たモモが、鼻を鳴らす。

「修道女ですか？　へー、その年で修道女のままとか落ちこぼれですね」

ちなみにモモやメノウが非常に優秀な部類であって、二十歳ぐらいまでは修道女でも普通である。

それを承知で、モモは小憎たらしく口元を吊り上げる。

「自分の才能のなさに将来を悲観でもして禁忌の仲間いりですかー？　雑魚と落ちこぼれをこじらせた劣等感の詰め合わせ見本みたいな生き方してますねぇ。大丈夫ですよ。そのみじめな一生、いまここで終わらせてあげますからぁ。感謝してくださいねー？」

「……ねえ、モモ」

「名前で呼ぶなって言ったの、聞こえませんでしたか？　もう一回言いますよ。名前で、呼ぶなって、言ったん、ですけどぉ？」

一区切りごとに強調した嫌味ったらしい要求は、無視。

サハラは無表情で義腕の親指に当たる部分を下に向けて殺意を表明する。

「これから死ぬのは、そっちだから」

「却下です」

第二ラウンド。

モモが距離を詰める。接近戦は彼女の十八番《おはこ》だ。先天的に導力量に恵まれたモモは、異常な強度まで身体能力が跳ね上がる。導力強化で引き上げられた肉体性能は、本来ならば神官の主武器である教典魔導の必要性すら感じさせなくするレベルである。

大体の生物は、殴れば潰《つぶ》れて死ぬ。

経験則によって導かれた最良で、拳《こぶし》を振りかざす。

対してサハラは、棒立ちだ。

死を経験した彼女は、自分自身よりはるかに性能が勝る右腕に信を置いていた。なるほど自分に才能はない。正式な神官にすらなれなかった。

だが、自分にはこの右腕がある。

『導力・素材併呑――義腕・内部刻印魔導式――起動【スキル・銀の籠手】』

二人の拳が、ぶつかり合った。


二つの拳が衝突した余韻が、離れた場所にいるエルカミの肌にまで伝わる。

一度で終わらず、二度、三度と。まき散らされる衝撃と騒音が行われている戦闘の激しさを知らせる。

そちらに関わることなく、エルカミは教典に導力を流し込み、さらに教典魔導を展開させる。

エルカミの戦いは、モモのような肉弾戦を一切《いっさい》発生させなかった。度重なる教典魔導は、一つ一つが効果を途切れさせることなく続いている。

精緻美麗な教典魔導。

導力の鐘が鳴り響き、教会の外壁が魔物を阻《はば》み、柵を広げる杭が敵を穿《うが》つ。絶え間なく展開される教典魔導が己《おのれ》の陣地を広げ、土地を制圧して支配する。戦場に展開された教典魔導によって、すでにエルカミの姿は見えなくなっていた。

これこそが第一身分《ファウスト》である神官の正道。

闇《やみ》にまぎれることなく身を差し出し、光で周囲を照らす希望そのものの戦い。処刑人として育てられたモモやメノウが得ることのなかった、神官としてのまっとうな強さだ。

複数の教典魔導を展開する大司教の周囲に魔物たちは近づくことすらできなかった。物理的に、魔導的に存在する壁を越えることもできずに、百はいた魔物の半数は消滅している。残りはなんとかエルカミのいる周辺から逃れただけの魔物ばかりだ。

エルカミの興味は、最初から有象無象の魔物などに向いていない。

「戦うふり……という様子でもないな」

モモの容赦のない攻撃に、手を抜いている気配はない。傍観しているエルカミにまで届く殺意も本物だ。魔物の襲撃と協調している様子も皆無である。

「考えすぎだったか……？　あの程度では、どうあがいても問題にならん。そうなると、だ」

エルカミが声を向けた先には、魔物の群れの本丸とも言うべき相手がいた。

白いワンピースを着た、あどけない童女。力なく無害に見える、無垢《むく》にして正真正銘のバケモノだ。

「小指。貴様はなにをしに来た」

「たまぁに、いるのよね」

彼女は質問に答えるそぶりも見せず、けらけらと笑う。

彼女の全身は導力の釘によって打ち付けられて、虚空に張り付けにされている。

「あなたみたいな人。おかしいほどに、強い人。導力に愛された人。生まれつき恵まれて、とっても強くて、最弱のあたしとしてはうらやましい限りだわ」

こぽこぽと血をこぼしながらも、苦しがることなく発声をする。死ぬことすら許されていないせいで、彼女お得意の自分を捧《ささ》げる再復活が封じられているのだ。

そんな状況にあって、万魔殿《パンデモニウム》は手を伸ばす。自分を阻む清らかな教会の壁に、ぺたりと血の手形をつける。

「でも、ねえ」

『導力：生贄供犠――混沌癒着・純粋概念【魔】――召喚【かわい、かわいと子供なく】』

ずだだだっ、と白壁に赤い手形が増殖する。駄々をこねる見えない幼児の集団が、小さな手で結界を叩いて壊そうとしているかのようだ。一打増える度に、生贄に捧げられた周囲の魔物が溶けていく。

果たして、周囲の魔物が生贄として完全に尽きるよりも結界が砕けるのが先だった。

現れたエルカミは、人生の佳境にある老婆ではなかった。

年の頃は、二十か、そこら。壮麗な司教服を着ているのがおかしなほど若々しい。癇癪《かんしゃく》の強い顔立ちも、苛烈にして烈火の双眸《そうぼう》もエルカミのものに間違いない。

皺《しわ》一つなく若々しいエルカミを見て、万魔殿《パンデモニウム》は快哉《かいさい》の声を上げた。

「まあ、やっぱり！　ここまで強いなら、きっとそうだと思ったわ。あなた――【使徒《エルダー》】なのね？　それも……最近でしょう。違う？」

「……っ」

万魔殿《パンデモニウム》の指摘に【魔法使い】の名を持つエルカミの若々しい顔が歪んだ。

先天的な高出力の導力と後天的に獲得した繊細な導力強化によってのみ可能な、細胞レベルでの導力強化。導力に愛され、導力強化の極みに至ってしまったゆえに、意図せず若返りを可能としてしまったのがエルカミという大司教にして【使徒《エルダー》】だ。

「【使徒《エルダー》】の資格は不死身って、千年前から決まっているもの。でも、あなた、若くなれるのにどうして老人のふりなんてしているの？　まさか普通に歳をとりたいなんていう理由じゃないわよね？」

「黙れッ！」

ずばり言い当てられたエルカミは、瑞々しい怒声を響かせる。

彼女は、年をとりたかったのだ。

一人だけを、置いていくことなどしたくなかった。一人だけ置いて行かれることなど選びたくなかった。エルカミのことを知った時の友人の顔を忘れることが、どうしてもできなかった。同世代で、憧《あこが》れて、同じ速度で第一身分《ファウスト》の位階を上げていた同胞。

卑賤卑屈で、無信心だった自分とは違う聖職者。誰よりも敬虔で、誰よりも正道を歩んでいた神官――オーウェル。

彼女が若返ったエルカミの姿を見た時の顔が、忘れられない。

あの時からずっと、エルカミは自分の【力】に、【魔法使い】などという称号に怒りを抱え続けている。

「大丈夫よ。あなたはこれからだもの。友達もみんな死んで、忌避されて、そうしてどっぷりと浸かるのよ。いっぱい、いーっぱい生きましょう？」

ろくな抵抗もできない状態になってなお、言葉で魔を差しこむ。【魔法使い】などと呼ばれている不死の新米に、千年前から存在する幼女が手招きする。

戯言だ。エルカミは相手の言葉を斬《き》り捨てる。

「貴様ら異世界人に言われたくないな。ここに来ただけで、才能も、努力も、情熱も、すべてを蹂躙する権利を得た、貴様らにはな」

メノウとアーシュナがあれほど苦戦した相手を前にしても、エルカミの司教服には土埃《つちぼこり》すら届いていない。

「あら、まあ。あたしたちが嫌いなの？」

「貴様らを好む者などあるものか。『主』のご帰還により、ようやく貴様らが排除される機会を得たのだ」

「『主』？」

万魔殿《パンデモニウム》が目を丸くする。

教典に描かれている『主』。千年前に滅びた際に、聖地にあっていまの文明基礎をつくり上げた大いなる存在の帰還。

「帰還って……まあまあ、まあまあ！　まだ、そんなことをしてるのね、あの人は！」

古代文明滅亡の一因たる幼女は、きゃっきゃと笑う。

人格を損なった人災《ヒューマン・エラー》とはいえ、思考回路がないわけではない。常人には理解しがたいが、万魔殿《パンデモニウム》は原罪概念に相応しい行動規範で判断を下し、動いている。

「誰の差し金で、なにをしに来た。気まぐれにしては、いささか恣意的だ。ここで小指を差し出すことになんの意味がある？」

すでに死なないだけの子供となった万魔殿《パンデモニウム》に問いかける。

もちろん『万魔殿《パンデモニウム》』とまともな意思の疎通がはかれるはずもなかった。

「意味？　意味……必要かしら。あなたたちを殺そうとするのに。あなたたちに、殺されようとすることに、意味はいる？」

下手をすれば、この聖地攻めにしても意味などないのだ。

「あなたは、確かにとっても強いわ。あたしじゃかなわないくらいよ。でも、知っていた？

あたしを目印にすれば、一瞬だけつなぐことができるの」

果たして万魔殿《パンデモニウム》は、にっこりと幼気《いたいけ》に笑う。

『導力：生贄供犠――混沌癒着・純粋概念【魔】――召喚【おおきなのっぽの古い棘《とげ》】』

地獄につながる門が開いた。

地面に、巨大な影が生まれる。

数カ月前に、出現しただけで小さかれども一つの島を粉々に粉砕した巨軀。

新たに生みだしたのではない。遥《はる》か彼方であれ、すでにこの世に生みだされた魔物を自分のいる場所とつなげただけの召喚魔導が展開される。

リベールの町での被害は甚大であったという報告はエルカミも受けていた。

「不愉快だ」

魂から湧き上がる導力が、肉体に満ちる。細胞の一つ一つに親和し、活性化して、全盛期を取り戻す。両腕に抱えたエルカミの教典が、神々しいほどの光量を発する。二十代の若々しい女性の姿を取り戻したエルカミは、教典魔導で地脈に接続。彼女はそれを十全に操《あやつ》った。

すべてを教典に注いで、攻勢の魔導を練り上げる。

『導力：接続――教典・十四章三節――発動【伸ばせ、天よりも高く、月に届くほどに】』

輝く剣が、魔物の巨軀を貫いた。

地脈の流出を光刃に変えた剣は、万魔殿《パンデモニウム》が呼び出した魔物すら超える規模に広がる。

一つの町を維持するに足りる導力により、魔物は両断された。

万魔殿《パンデモニウム》の操る魔物は巨大であり、強大だ。

だがこの世界に生まれた人間でも、対処できる者がいないわけではないのだ。

第三身分《コモンズ》には『怪物』ゲノム・クトゥルワが。第二身分《ノブレス》には『最強』エクスペリオン・リバースが。

第一身分《ファウスト》にある大司教という称号は、その二人になんら劣ることのない力の証明だ。

「まさか大司教たる私が、大きいだけの魔物一匹、対処できないとでも思っているのか？」

「まあ、まあ、そんなことはまったく思ってないわ。あなたの言う通り、たかが一匹だもの」

無尽の魔物を召喚できる万魔殿《パンデモニウム》は驚く様子すらない。いまの魔物は攻撃のために呼び出したのでない。呼び出したのは、もっともっと、それこそ四大人災《ヒューマン・エラー》と謳われる『万魔殿《パンデモニウム》』でも手に余るものだ。

「ほぉら、来たわ」

彼女の体から、こんこんと白い霧が発生する。虚空から生まれた霧が、万魔殿《パンデモニウム》の小さな体にまとわりつき、離さぬようにとへばりつき、尽きることなく湧き上がる。

万魔殿《パンデモニウム》を中心に湧《わ》き続ける白い霧が尽きる様子はない。事実、この霧は尽きないし晴れることもない。

充満しはじめた霧を見て、エルカミが顔を歪めた。

「なるほど、それが狙いか」

聖地は強固な結界都市だ。だが南で『霧魔殿《パンデモニウム》』として万魔殿《パンデモニウム》の本体を閉じ込め続ける霧の結界も、聖地に劣るものではない。

強力な結界同士が、効果を相殺する。皮肉なことに魔物を閉じこめるという霧の結界は、逆説的に霧のある場所ならば魔物の存在を許すことを意味している。

霧の流入とともに魔物が聖地へと入り込める状態になった。いかに教典魔導を使いこなすエルカミといえども、上空も含めた全周囲からの魔物の侵入をすべて阻むのは不可能だ。目の前の万魔殿《パンデモニウム》を討滅しなければ霧が収まることはないが、小指程度であれ、死なないからこその四大人災《ヒューマン・エラー》だ。

「だが、聖地をそこらの町と同じにするな」

聖地に入り込んだ魔物が瞬く間に減っていく。

聖地の住民は、みなが第一身分《ファウスト》。訓練を受けた精鋭だ。多少の魔物に劣る道理はない。

エルカミは、自分の体を老化させる。大司教として表に立つには、当たり前に年を取る必要がある。自在に若返る人間が、普通の人間とともにいられるはずがない。

いつか他の【使徒《エルダー》】のように、裏に潜ることになる。

だがそれは、いまではない。彼女は【使徒《エルダー》：魔法使い】である以上に、表舞台に立つ大司教なのだ。

「ここに住まう人間に、弱卒はいない」

第一身分《ファウスト》に、万魔殿《パンデモニウム》の小指が呼び出した程度の魔物に負ける者は一人としていなかった。

聖地がにわかに騒がしくなる中、神官ながら弱卒を自認するフーズヤードは、ふんふんと鼻歌を歌っていた。

「眼鏡のいいところはー、うつむいて泣いてもー、涙がおちないことー」

即興の歌は、曲調こそ明るいものの歌詞が壊滅的に暗かった。

自分の情けなさに、自己嫌悪が募っていた。後輩を戦場に送りながら、自分は大聖堂に引きこもっているのである。

「でも、怖いしなぁ……」

とうとう聖地にまで魔物が入ってきていた。フーズヤードとて正式な神官なので魔物の一匹や二匹相手ならば負けないが、迎撃には出なかった。心の底から戦いには向いていないのだ。

聖地に魔物が入り込もうとも、物理的な出入り口がない大聖堂までは入ってこられない。

「このまま籠城すれば……」

「おい」

「ふぁい⁉」

絶対に隠れるぞと覚悟を決めていたフーズヤードに声をかけたのはエルカミだ。司教服の老婆の姿を前に反射的に、びしっと姿勢を正す。

「え、エルカミ大司教……？　モモちゃんさんと一緒に魔物退治に出たんじゃないんですか？」

「貴様に説明する必要があるか？」

「ありません！」

じろりとひとにらみされてしまえば、抵抗のしようもない。

「魔物の騒ぎなど些細な問題だ。それよりも、塩の大地までの転移魔導陣は順調か」

「はいっ。導力路の接続は完了してます！　塩の大地までの道は完成しているので、いつでもお申し付けください！」

「そうか、報告の通りだな。発動から転移魔導陣の固定時間はどれほどだ」

「んん？」

固定維持。それは要件にあっただろうか。もちろん行き帰りの時間は必要だから経路の確保は多めには見積もっているが、ここからさらに注文が増えると詰む。具体的に言うと、フーズヤードの睡眠時間が消える。

「て、天脈の順路がずれるので、指定の日時から三十六時間以上経《た》てば導力路が霧散しますけど……問題ありますか？」

「いいや、ない。よくやったな、フーズヤード。念のために確認する。案内しろ」

「は、はい！」

褒められた。ぱあっとフーズヤードの表情が華やぐ。

大司教直々にチェックとは、随分と気合が入っている。フーズヤードは、上司に自分の成果を披露すべく、『龍門』の前へと案内した。

「そうか……やはり『龍門』を利用していたのだな」

「はい？　エルカミ大司教もご存じでは？」

「ああ、昔の話だったものでな。導力が繋がっていれば、【転移】の発動は容易だな。早めに発動させて道を固定しろ」

「はい！」

返事をすると、さっそく魔導の発動に取り掛かる。ほどなくして、『龍門』に新たな道が設定される。

「できました！　あとは駅舎のほうで【転移】ルートを設定するだけなので、誰でも――」

フーズヤードの語尾が途切れる。彼女の目の前で、エルカミの姿が崩れたのだ。

現れたのは、藍色の神官服を纏った若い少女である。ふえ、とフーズヤードの口から変な声が漏れる。大聖堂内に自分が把握していない人物がいるはずがないという自負が、彼女の混乱に拍車をかけていた。

彼女の首筋に、正体を現したメノウが手刀を入れる。

「申し訳ないとは、思っているわ」

フーズヤードの意識が、暗転した。


少し時間をさかのぼり、魔物が聖地に入りこんだタイミング。外の騒がしさは、大聖堂のメノウがいる場所にも届いていた。

漏れ聞こえる会話と大聖堂の南塔から見える光景。万魔殿《パンデモニウム》の出現となると、マノンの手引きで間違いない。

マノンの襲撃は、メノウの計画の内である。

山間の温泉街を出立する際に、着物を一つ、かすめ取ったかいがあった。あれは変装のためだけではなく、マノンに自分の行動を知らせる役目もあった。目ざとい彼女ならば間違いなく気がつく。あのタイミングでカガルマがいなくなったことと合わせれば、マノンはメノウの行動を読んで聖地まで追ってくるだろうと踏んでいた。

そしてマノンが聖地に入ろうとする限り、結界をどうにかする必要がある。

そのためには魔物による襲撃が絶対に必要だ。

聖地が襲われるような状況になった時に、聖地にいる人間の初動は容易に推測できた。

全体の状況を把握して、なにが起こっているのかを確認する必要が生じる。特に大聖堂の出入りを管理するフーズヤードに送られるだろう情報の中には、メノウが欲する「トキトウ・アカリの状況」と「塩の大地に向かう転移陣の状態」が含まれていた。

危険はあった。そもそもメノウが大聖堂に忍び込んでいること自体がリスクの塊だ。『盟主』などという信用が欠片も置けない相手と手を組まなければならなかった。

だが、欲しい情報は手に入れた。

「これもモモのおかげね」

モモからフーズヤードの情報を得られたことで、立ち回りの幅が飛躍的に増えた。エルカミの姿をとることで彼女を騙し、『塩の剣』がある場所までの道を確保した。

あとは【転移】を使って塩の大地に先んじればいい。自分がいなくなった入れ替わりで、マノンが入ってくる。彼女が大聖堂に来ることで、メノウが侵入したという事実自体がなくなる。

本番は、これからだ。

アカリを殺すことが、自分の義務なのだ。

アカリはメノウに友情を傾《かたむ》けてくれた。

メノウにできるのは、彼女を彼女のままに殺すことだけだ。導師《マスター》に任せては、アカリの人格は保障されない。メノウのことすら忘れ、ただの人災《ヒューマン・エラー》として生涯を終えてしまう。

だからメノウの手で、殺すのだ。

「ここまでは、計画以上」

塩の大地に転移したあと、メノウは向こうで潜み隠れるつもりだった。導師《マスター》がアカリを殺す手段が『塩の剣』である以上、メノウが待ち構えていようともアカリを引き連れる必要がある。先に『塩の剣』を確保することで、絶対的なアドバンテージを得るつもりだった。

フーズヤードが漏らした情報をもとに、メノウがホーム中央にある駅舎に入った時、背後で足音が聞こえた。

ぱたぱたと軽い足音には、覚えがあった。

「メノウちゃん！」

呼び声に振り返ると、アカリが駅舎へと駆け寄っていた。囚われているはずの人物の登場に、メノウは戸惑いながらも口を開く。

「アカリ……？　どうして、ここに？」

「どうしてって！　あの魔物の群れ、わたしのいたところまで、騒ぎが届いてたよ！　なんか、騒ぎが起こったんでしょう？　それでわたしを見張っていたあの赤黒い神官も駆り出されて、自由に抜けだせたんだ！」

「そう、なの？」

「うん！」

アカリがいま語ったのは、事実だとするならばメノウにとって都合がいい。このまま、アカリを連れて『龍門』をくぐればいいからだ。

「それでも、ここでメノウちゃんに会えるとは思わなかった。本当に来てくれたんだね」

三歩圏内。腕を伸ばせば手が届く距離に、えへへと笑うアカリが近づいた時だ。

煙の、臭いが鼻をかすめた。

覚えのある香りだ。メノウは、ぴたりと動きを止める。伸ばした手をそのまま牽制の形に、一歩、踏み込ませなかった。

その差は、明白だった。

胸部に、わずかな痛みが走る。

棘が突きつけられたような、鋭い痛み。そちらには視線を向けない。ただじっと、目の前の人物を見る。

「メノウちゃん?」

メノウに向けて、アカリが不思議そうな視線を向ける。その手にはなにも握られていない。

だが。

メノウは、そっと自分の胸部に手を当てる。

そこに、ぎりぎり刺さらなかった、なにかがある。

再度、アカリを見る。

「導師《マスター》?」

メノウの呼び声に、きょとんと目を瞬いた。いきなりなにを言っているのか、訳がわからないという困惑がにじみ出ている。

　メノウは微塵《みじん》も警戒を緩めない。姿形などは、意味がない。見た目に惑わされる愚を重々承
知している。

　くはっとアカリの顔が笑みで歪んだ。

「正解だ」

　ぐにゃりと周囲の光が揺れる。本来ならば身体強化の際に発生する導力光の輝きを任意に操
ることで、視覚を欺く技――『導力迷彩』。空間に発生した波紋が収まる頃には、少女とはまっ
たく異なる姿があった。

　導師《マスター》『陽炎《フレア》』。

　導力迷彩で姿を偽っていた女性が赤黒い髪を揺らす。

　導師《マスター》の前で、固い面持ちのメノウは立ち尽くす。対して導師《マスター》はいつもとなんら変わらない。

「よく来たな、メノウ」

「……はい」

　歓迎とも皮肉ともとれる言葉に、ただ一言、返事をする。

　アカリを確保するにあたって、導師《マスター》と戦うことになるのはわかりきっていた。

　覚悟はしたはずだ。メノウは自分の命を懸けて、聖地に忍びこんできた。

　だというのに、いざ彼女を前にしたいまとなって、用意していたはずの言葉が消えていた。

無意識のうちに唾を呑み込もうとして、口内が、からからと干上がっていることに気がつく。自分から話しかけることすらできない。いまのメノウの心地は、店先で窃盗をして捕まった子供が親の前に引っ立てられた心境とよく似ていた。

導師《マスター》は、なにを言うだろうか。

失望するのか。嘲笑するのか。あるいは、激怒するのか。

黙り込むメノウに、導師《マスター》『陽炎《フレア》』が口を開く。

「トキトウ・アカリは迷っていたぞ」

一言目から、虚を突かれた。

「あれは逃げ出すこともできず、かといってお前を受け入れることもできていない。滑稽だな。思いつめて迷走し、どこにも居場所を見つけられない。『迷い人』の名前そのままだ」

いきなりアカリの話をされるとは思っていなかった。

それだというのに、なぜかひどくメノウの芯を突いたセリフだった。

「なにも、聞かないんですか」

なぜか、すがるような質問が出た。

導師《マスター》はメノウがここにいることを当然として対応しているが、命令違反の末に無断で大聖堂に忍び込んでいる。そのことについての言及はなかった。

なぜか無性に、悔しさが湧いた。

ここにメノウが来た理由を、聞いてほしかったのかもしれない。

「お前はお前なりの答えを出した。そうだろう？　とっくに私の修道院を出た人間に、導師《マスター》である私が口を出す必要があるとも思えないが……しいて言うのなら、メノウ。お前は間違っている」

「間違っていることくらい、わかっています」

メノウの目的は簡単だ。

導師《マスター》の命令に逆らって、アカリを殺しに来た。アカリの人格を損なわせようとする導師《マスター》の手段ではなく、アカリをアカリのままで殺しに来た。

「いいや、わかっていない」

導師《マスター》の口ぶりは、まさしく叱責だった。

認められるはずがないのが当然なのに、方向性がまるで違う。導師《マスター》の言葉は信じられないほどにメノウの胸を揺さぶった。

「お前はトキトウ・アカリを殺しに来ただろう？」

「……はい」

「友人となった奴が人災《ヒューマン・エラー》となる前に、自らの手で終わらせたい。『万魔殿《パンデモニウム》』の有様でも見て、そう思っただろう？　感傷的なことだな」

「それは、悪いことですか？」

なにを言っている。会話に流されるまま無意識に出した問いに、メノウの心が揺れる。意思が定まらない自分を自覚する。

「バカめ」

果たして、導師《マスター》はメノウの世迷いごとを言下に切って捨てた。

導師《マスター》『陽炎《フレア》』は、からんと虚しい声を響かせる。

「人殺しに意味を求めたな」

ゆらりと一歩前に出た導師《マスター》の長身に気圧される。

「意味も、手段も、意義も、信念もいらん。なんのためか知らずとも人を殺し、なにがなくとも人を殺し、人を殺しても変わらずにいられるから私たちは悪人なのだと教えたはずだ」

メノウは踵《かかと》に重心を移して、じりりと後退する。

アカリはいない。ここでメノウが戦闘する意味は薄い。導師《マスター》にメノウの潜入がばれたのは失態だが、取り返しはつく。

前回に出会った時、導師《マスター》がメノウを確保しなかったのは、それが彼女の役目ではないからだ。あの時、メノウは導師《マスター》に逆らわなかった。表面上とはいえ彼女から言われた任務を諾々《だくだく》と受け入れて、アカリを引き渡した。取り返しに行く約束こそしたが、導師《マスター》はあえて聞くことをしなかった。

導師《マスター》『陽炎《フレア》』は、禁忌の予防を行わない。

どれだけ明確でも、これから罪を犯そうとしている人間を止めることも、処分することもない。人の迷いに助言することなくせせら笑い、良心と禁忌を求める心で揺れる天秤を静観する。彼女が処刑人としての刃を握るのは、誰かが禁忌を犯してからだ。

「私たちに、報いなどない」

いまのメノウは命令違反の無断侵入者だ。理由がどうであれ、異世界人のために大聖堂に忍び込んだ大罪人である。

「私の教えた道から外れたお前の決意のほど、見てやろう」

導師《マスター》を突破するしかない。

背筋を這《は》う恐怖をねじ伏せた。四の五の言っている場合ではない。すでに目の前にいるのだ。自分の人生において、最大の敵が。

メノウは太もものベルトに仕込んだ短剣を引き抜いた。紋章が刻まれた短剣に導力を流す。

導師《マスター》も、ほとんど同じタイミングで己の短剣に刻まれた紋章魔導を発動させる。

『導力：接続――短剣・紋章――発動【疾風】』

『導力：接続――短剣・紋章――発動【迅雷】』

師弟の紋章魔導が衝突した。

四章

聖地消沈

聖地を囲んでいた魔物は、あらかた動かなくなっていた。

モモとサハラの戦闘に巻き込まれてか、二人を無視して先に進んだか。さらに加えて二人は知らないが、エルカミとの戦いで『万魔殿《パンデモニウム》』が生贄として消費した魔物も多い。

様々な要因から彼女たちの周囲から生きた魔物はいなくなった。

邪魔者のいない一騎打ち。距離を詰めようとするモモへの牽制《けんせい》を続けながら、サハラは適度な距離をとり続けていた。

メノウと戦った時には接近戦を選んだが、モモと戦うならば距離を保ったほうがいい。隙《すき》あらば強力な教典魔導を発動させてくるメノウと違い、モモのもっとも恐ろしい攻撃は導力強化をした拳《こぶし》だ。

反面、拳の届かない距離だとモモの攻撃手段はぐっと乏しくなる。

モモの導力強化を打ち抜ける威力の調整もできた。当たれば痛いではすませない銃弾を導力銃と化した右腕から吐き出す。威力を増せば導力の消費も多くなるが、サハラにはまだ余裕がある。

そろそろモモが盾にしている木が倒れるかというタイミングで、幹に糸鋸が絡《から》みついた。

一本だけではなく、二本。大人の両手で二抱えの太さはある木を糸鋸で支えて盾にし続けるつもりかとモモの行動から測ったサハラの妥当な予測は裏切られた。

モモはサハラの敵意に真っ向からにらみ返しながら、糸鋸に導力を流した。

『導力：接続――糸鋸・紋章――発動【固定】』

紋章魔導の効果で、柔軟な糸鋸は木に絡みついた形で固定された。

無言のままモモが腕を上げる。樹木は銃弾を受けて脆《もろ》くなっていた部分でばきりと折れ、柄となった糸鋸が重量で大きくしなる。

盾ではない。モモがつくったのは、鈍器だ。

樹木に糸鋸を巻き付けて出来上がった即席の巨大ハンマーを小柄なモモが両手で旋回させる。

「潰《つぶ》れぇ、ちまえです！」

気合一声、遠心力を付けた勢いのまま横に大きくスイングした。

とっさに飛びのいたサハラは事なきを得たが、運悪く巻き込まれた魔物の死骸が飛び散った。

まるで巨人の鉄槌《てっつい》だ。あまりの威力にサハラが顔をしかめる。

ハンマーの間合いを測るために後ずさりしながら、ぼそりと揶揄《やゆ》する。

「力任せの鈍器とは、チビゴリラにぴったりの武器ね。糸鋸を使うの、やめたら？」

「ふぅーん？」

耳ざとくサハラの声を拾ったモモが槌《つち》を地面に落とす。小憎たらしい笑みを浮かべる。

「武器を変えられると嫌味とか、自分の対応力に自信がないんですね。怖いなら怖いって、しょーじきに言ったほうがいいですよ？」

「まさか。これは親切での忠告よ」

導力量に恵まれ、他を圧倒する導力強化による力任せの戦いがもっとも強いはずのモモが、糸鋸なんていう重量のない武器を使っているのはなぜか。その理由を察しているサハラは、せせら笑う。

「導力量が取り柄の暴力女が、小器用なメノウの【導糸】の真似《まね》しても似合わないから」

「へえ」

メノウを引き合いに出されたモモが獰猛《どうもう》に笑う。

「なぁーにを知ったつもりなのか知りませんけどぉっ、私、先輩のことを知ったかぶられるのがいっちばん嫌いなんです。お前は存在がムカつくんで、これから全身をスクラップにしてくれますよ！」

「できないことは言わないほうがいい」

『導力：素材併呑――義腕・内部刻印魔導式――起動【スキル：杭《くい》打ち】』

右腕から放たれた杭が、迫り来る槌を打ち抜き粉々に砕く。

「恥をかくだけだから――あ」

サハラの嘲笑《ちょうしょう》が引きつった。

モモが糸鋸で造った即席のハンマーの倒木部分を砕いたら、結果としてなにが残るか。

答えは、木材を絡めとっていた糸鋸である。サハラに芯材が砕かれると見越して振り下ろされた即席ハンマーは、槌の部分を失うことで彼女の周囲を囲む籠《かご》と早変わりした。

「ばーか」

今度はモモが嗜虐的な嘲笑を浮べる番だった。

思惑通りの展開だ。発動していた【固定】を解除させると同時に、糸鋸に刻まれたもう一つの紋章を発動させるべく導力を通す。

『導力：接続──糸鋸・紋章──』

発動よりも早く囲いを抜けなければ、死ぬ。我に返ったサハラが糸鋸を払いのけるために手を伸ばす動きは、文字通りの手遅れだった。

『発動【振動】』

「いっづ！」

高速振動する糸鋸に、義腕が弾かれた。

生身の左手で触っていたら、間違いなく肉がこそげ落ちた。義腕といえど接触ダメージがないとはいかず、右肩まで伝わった衝撃によろめく。

サハラとの記憶など忘却の彼方に追いやっているモモに、手を緩《ゆる》める理由はない。

「じゃ、死んでください」

無情に言い放ったモモが糸鋸を操《あやつ》り、囲いを引き絞る。

まるで長大な蛇の締め付けだ。逃げ場はない。神官服と違い修道服に【障壁】の紋章はないため防御の手段もなかった。獲物を八つ裂きにしようと振動する糸鋸がサハラに迫る。

だからこそサハラは、迷わず攻勢に出た。

『導力：素材併呑――義腕・内部刻印魔導式――起動【スキル・近距離散弾型】』

歪《いびつ》に膨らんだ右腕を構えて、引き金を絞る。

今度の武器腕は、近距離制圧に向いた散弾銃だ。モモは導力銃が直撃しても死なないという反則くさい導力強化の持ち主であるが、今回の狙いは彼女ではない。

導力の散弾を発射。

糸鋸の囲いがたわむ。威力はあっても、重量がない武器は吹き飛ばすのが容易だという欠点がある。高速振動をしている糸鋸とまともに接触すればボロボロになるが、導力銃ならば直接触れずに弾くことができる。

モモは舌打ちをしつつも、サハラの全身を挽き肉にする計画は潔く放棄。作戦を嫌がらせに変更して、手首の動きで糸鋸を操り相手の右腕に絡めた。

『導力：接続――糸鋸・紋章――二重発動【固定・振動】』

「こ、ンガッ、ご！」

やたらと丈夫で変形する右腕の切断はかなわずとも、絡みつかれれば糸鋸の振動が全身に伝わる。右腕の振動が全身に伝わり、歯の根もかみ合わない状態となったサハラは悪態すらもままならない。

絡みついた形で【固定】がかかっているので、糸鋸を引きはがすのも簡単にはいかない。

タチの悪い嫌がらせだ。サハラは再度、腕を変形させようと意識を義腕に寄せる。腕の形に戻して引き抜く。小さくなれば自然と抜け落ちるはずだという考えが、誘導されたものだった。

「バカの考えは単純で楽です」

じゃり、と金属のこすれる音が耳に入った。

喉《のど》に、息苦しい圧迫感。ひやりと冷たい感触はモモの殺意がサハラの首に絡みついた証左だ。

首に、糸鋸が巻かれている。

モモはサハラの背後にいた。

動きの意識を完全に読まれた。読まれた以前に、右腕の変形に意識が割かれるように行動を誘導されていた。サハラが右腕に意識を集中させたわずかな隙を数手前から読んでいたモモは、本日最高速の踏み込みを披露。接近し、通りすがり様に予備の糸鋸を取り出してサハラの首に巻き付けた。

サハラの左手が、自分の首に絡みつく残酷なほどに細くも荒い刃へと伸びる。無駄なのも、手遅れなのもわかっていて、それでもどうしようもなく助かる道を求めた指先が届く前。

「死ぬのはやっぱり、お前でしたね」

『導力：接続――糸鋸・紋章――発動【振動】』

ぶうんと振動する音とともに、血しぶきが舞う。

サハラの首に巻いた糸鋸の輪が抗《あらが》いようもなく狭くなっていく。声帯を圧迫する糸鋸は絶叫すらも上げさせない。肉を挽いて弾《はじ》き飛ばす残酷な水音はやがて頸骨《けいこつ》を削る硬質なものへと変化し、数秒後。

挽き斬《き》れた首が、地面に落ちる重い音が響く。

「ま、こんなもんですね」

モモは首を落とした感触に浸ることもなく、ひゅんっと糸鋸を振るって血を落とす。

多少、てこずったが文句なしの勝利である。ここまでやれば魔物の襲撃と自分は無関係だとエルカミも納得するだろう。戦勝報告のために首を拾おうと身をかがめた瞬間、背後で魔導構成の気配を感じた。

とっさに振り返る。

『導力：素材併呑――義腕・内部刻印魔導式――起動【スキル：射出】』

「おぅ？」

義腕のみがサハラの死体から射出された。

わずかに驚きつつも、直前で警戒していたモモは飛んできた腕を容易にかわした。大した威力でもない腕は、そのままモモの後ろにいた魔物に張り付く。

モモは念のため大きく飛び跳ねて距離をとる。

魔導具が持ち主を殺したあとに起動することは稀《まれ》にある。起動の条件に、自分の死と同時に発動するように設定することが可能なのだ。

自分の死をトリガーにした条件起動型は、九割方自分を殺した相手を諸共に巻き込む自爆である。魔導具である右腕が大爆発《ばくはつ》する覚悟をして距離をとったのだが、へなちょこロケットパンチの後になにかが起きる気配もない。

「……？」

拍子抜けだ。再度サハラの死体を目視する。

確実に死んでいる。首を失った体の四肢はだらりと垂れ下がり、ズタズタの傷口を晒《さら》す生首はピクリともせず眼球を見開いている。

どういうことだと首をひねりつつも、気を抜きかけた時だ。

『導力：生贄供犠《いけにえ》――原罪ヶ印嫉妬《しっと》・肉体――召喚【肉人形】』

唐突に、右腕が魔物の肉体を呑《の》み込《こ》んだ。

予想外の現象にモモは息を呑む。

よく似ているとすれば、原色の魔導兵の作製現場だ。義腕を中心に瞬く間に肉をこねくりあげて、人の形をつくる。おぞましい製造過程でありながら、十秒もかけずに出来上がったのは、一糸まとわぬ見目麗しい少女だ。

適度に鍛えられた肢体に年相応に膨らんだ胸部。

ウェーブがかかった銀髪を揺らし、ちっと忌々《いまいま》しげに舌打ちをする。

「敵の残機くらい確認しておくことね、単細胞ッ」

体を再生させたサハラは、憎悪を込めてモモをにらみつけた後に濃霧にまぎれて消えた。

自爆を警戒して距離を開いていたのが悪かった。時間が経《た》つごとに濃くなる霧の中にまぎれられては、追うかどうかの判断に迷う。

逡巡《しゅんじゅん》していたモモは、迷っている時点で追うべきではないと判断する。最後の魔導といい思った以上に得体が知れない。

サハラの気配が完全に消えたのを見て戦闘態勢を解いた。

「……キッモ。びっくり箱人間ですか、あいつ」

逃げ去られたモモは濃霧をにらみつけながら悔《くや》し紛《まぎ》れに吐き捨てた。

まずないとは思うが、魔物の肉体を乗っ取った攻撃。

あの腕にモモが触れていたら体を乗っ取られた可能性がある。それを思うと、ぞっとしない。

「ていうか、残機ってなんですか残機って……」

「はっ、あの程度を逃がしたか。『陽炎《フレア》』の教育もたかが知れるな」

霧の向こう側から声をかけられた。よく通る老女の声だ。誰《だれ》かなど、確認するまでもない。

「あー……」

ぽりぽりと頬をかく。モモモもさすがにバツの悪さを隠せない。

格下を逃がした自覚はある。油断だと言われてしまえば反論のしようもなかった。

「あれは、珍しいな。魂が原色概念でできた義腕に宿って、原罪概念で人間の体をつくっている。まだ不完全だが……成長すれば厄介なものになりそうだ。逃がしたのは失態だな」

「はぁ。申し訳ないです。ていうか、残機ってなんだったんですか？」

「魔導兵を倒すときは、三原色の輝石の核の数を気にしろ。すべて潰さねば動き続けるぞ」

「ああー……確かに」

言われてみればその通りだ。複数の核がある魔導兵は珍しくない。つまるところ、モモと戦っていたサハラの本質はすでに生身の人間ではなく魔導兵と同一なのだ。

「まあ、いい」

もっとねちねち言われるかと思ったが、あっさりと許しが出た。これ幸いと話題を変える。

「さっきの奴って、不死身法の一種ですか？　魔導兵を使った禁忌ですよね」

「補佐といえ、処刑人ならば知っているだろう。老いる肉体を別のものに移り替える発想は、禁忌としてはありふれている。どのような儀式で、なにに移し替えるかで血道を上げる研究者も多いが、くだらんゲスの失敗ばかりだ。……そんなことに、不死の本質はないというのにな」

魔導は人間の精神と魂につながっている。肉体も無視できない要素だが、人間の体はあくまでも魂を継続させる器だとみなされている。

より重要視されるのは魂と精神の二つだ。

肉体は、究極的にいえばその二つを維持するための端末でしかない。

「あれの本体は人間の体ではなく、作り物に見える義腕だな。次があれば、そちらを壊すようにしろ」

「はぁい」

どうりで首を挽き落としても魔導を連発したわけだ。納得したモモは適当に頷く。

「ところで、私の疑いは晴れましたか？」

「半分晴れた。もう半分は、お前程度がなにをしても私に届き得ないということを確認できた。十分だ」

「……それはなによりです」

「わかればいい」

もっとなにか言ってやろうか。そう思ったモモは、振り返ってあ然とした。

全体像もつかめぬほど巨大な魔物が、一本の光剣で両断されていた。

モモは立ち尽くす。ただ巨大だというだけで、なすすべもなく威圧される太古の魔物だ。死骸となっても、スケール感の違いは見る者の現実感を喪失させる。

単体で町一つ滅ぼせる魔物を両断する光輝の剣は、神話の光景に見えた。

ほうけたモモに、エルカミは魔導を解除する。剣をかたどっていた導力の残光が雪のように降りそそぐ。

「なにを立ち止まっている。戻るぞ。聖地に入り込んだ魔物を処分する」

「……はぁい」

これが、大司教。

オーウェルと戦った時の自分たちが、どれほど幸運だったのかを悟る。

教典魔導の神髄は、時として尋常な禁忌すらも凌駕《りょうが》する。

神話的な光景をつくりだした張本人の言葉となれば、逆らう気も起きない。モモにしては比較的素直に返答した。

「先ほどの戦闘を見ればわかるが、貴様は導力操作をまるで磨いていないな」

「……そうですけど」

生まれ持って導力量に恵まれているモモは、幾度となく導力操作を磨けという忠告を受けている。

よくあるお説教かと渋い顔をしていたが、続けられた台詞は意外なものだった。

「それで、いい」

エルカミは容認と、なぜか羨望の視線を向けてきた。

「お前ほどに導力に恵まれているのならば、そのほうがいい。過ぎた導力は人間には必要がない。人災《ヒューマン・エラー》などが最たるもの。人には人のままでいられる【力】の許容量というものがある」

なにが言いたいのかわからない。殴ったら早いというモモの持論に賛成してくれているわけではないだろう。

「そこを逸脱すれば、すべてを置き去りにすることになる」

それはモモに言い聞かせているというよりは、独白に近かった。

適当に聞き流してエルカミの背中についていこうとしたモモは自分の身だしなみを見て、無事に残った修道院に目をやる。

「あのぉ、ちょっとシャワーを浴びてきてもいいですか？」

大聖堂に戻れば、メノウとすれ違うことだってある。そんな時にボロボロの自分など見せたくはない。

「……好きにしろ」

「じゃ、好きにしまーす」

ブレることのないモモを置いて、エルカミだけが先に戻った。

魔物の侵入にも、聖地にいる神官たちが混乱を起こすことはなかった。

第一身分《ファウスト》はどのような異常事態にも対応できるように訓練が施されている。厳しい試練を突破したからこそ、彼女たちは第一身分《ファウスト》を名乗れるのだ。フーズヤードのようなヘタレは、ごくごくまれな例外である。

入りこんだ魔物が『万魔殿《パンデモニウム》』謹製といえども、一匹一匹を生みだす際の生贄が足りていない。原罪概念の性質上、魔物というものは人を害した数だけ強くなる。生まれたての魔物は積み重ねた原罪があまりにも薄いため、どうあがいても弱い。

その程度の魔物数匹に後《おく》れを取るものなど、それこそ訓練課程にいる幼い修道女くらいなものだ。

だが、第一身分《ファウスト》以外はそうもいかない。

魔物の数が数だけあって、わずかなりとはいえ聖地にいる巡礼者には被害が出ていた。信仰篤くとも彼らの多くは戦闘訓練を受けたことのない一般人だ。魔物に対抗する術を持たない者にとって一匹でも対処の手に余る。

「はあっ……ふ、う……！」

いまも路地から一人、魔物に追われた少女が大通りに向けて走っている。まだ若い彼女は命からがら、息を切らせている。必死に背後から迫る脅威から逃れようと全力を尽くしていた。

あと一歩で、神官たちがいる大通りに出るというところ。

「あっ」

足をもつれさせて、躓《つまづ》いた。

かわいらしい悲鳴など斟酌《しんしゃく》されず、少女の背に魔物が迫る。

だが血しぶきがまき散らされる悲劇的な事態は起こらなかった。

小さな悲鳴に目ざとく気がついた近くの神官が助けに入り、少女を追いかけていた魔物を始末したのだ。

「大丈夫ですかっ」

危機一髪で助けの手を入れた神官は声をかけながら人気《ひとけ》のない路地裏に入り、倒れている少女に近づく。

いましがたまで魔物に追われていたのは、珍しいことに着物を着ている少女だった。育ちがいいのか、神官服の色合いにも似た深い青色の髪を三つ編みにしている彼女は、地面にへたり込んだままだというのに丁寧な所作で頭を下げる。

「あ、ありがとうございます。助かりました」

「神官として当然のことをしたまでですから、お気になさらず」

明らかに聖地にいる第一身分《ファウスト》ではない。ここまで巡礼に来て巻き込まれたのだ。

「外の魔物もすぐに駆逐されるから、奥の方に避難してください。神官が多いところならば、まず安全です。このような路地には、いまは決して入らないようにしてください」

「はい、承知しました。重ねて、お礼申し上げます。ただ、その……情けないことに、腰が抜けてしまいまして……」

「ああ、なるほど」

少女の危機を救った神官は、まだ自力で立ち上がれない様子の彼女にまったくの善意で手を伸ばす。

「こんな親切な方に出会えて、本当によかったです」

少女の伸ばした手は、神官の差し出す手を通り過ぎ、そっと頰《ほお》を挟む。

混乱しているだろう。少女を安心させるために肩に手を置いた神官は、自分の足元で着物の少女の影が不自然な動きで後ろへと伸びていることに、気がつかない。

「さ、手を貸しますから、立ち上がって避難をしましょう?」

優しげに励ます神官の背後で音もなく影が浮かび上がる。死角で虚無の大口に狙《ねら》われているとも知らない彼女は、親切と善意のこもった激励を少女に投げかけようとして、

「ご親切に、ありがとうございました」

「──え」

ばくん、と全身が食われた。

最期《さいご》までなにが起こったのか把握できずに不思議そうな顔をした首だけが、マノンの手に残る。マノンが残った頭を丁寧な所作で足元に置くと、彼女の影にずぶずぶと沈んでいく。

「ふふっ、ごちそうさまです」

腰が抜けていた気配などなく立ち上がった彼女は、外を振り返る。城壁のない聖地ならばこそ、外の様子がよくわかる。

特に目立つのは両断された巨大な魔物の死骸だ。

迎撃に出た神官は、恐ろしく高度な魔導行使者らしい。マノンはふるりと身震いをする。

「やはりわたくしなどでは、かないっこありませんね。神官のみなさまは、本当にお強いです」

マノンとて、自分がそれなりの罪を重ねて強くなった自覚はあったが、あの光景は桁違《けたちが》いだ。

万魔殿《パンデモニウム》の召喚した魔物に加えて、それを容易く封殺してみせる魔導行使者。

それでなくとも、聖地にいる神官はいまさきほど捕食した女性も含めてマノンより格上だ。

特別な強さを持たないマノンがまともに戦って勝てる相手など、どれほどいるものか。

彼女たちの強さに感動で体を震わせながらも、恐れはない。

どこまでも、強いだけだ。

高潔な彼女たちには、卑怯《ひきょう》さが足りない。

「だからわたくしとは相いれないのでございます」

本来、マノンは聖地に入ることすらできない。いま生命を維持している仕組みが、本質的に魔物だからだ。聖地の結界は魔物の侵入を拒んでいる。

マノンは知っている。

聖地とは、そもそもがかつて四大人災《ヒューマン・エラー》を退けるための拠点として構成された場所だ。魔物を、ひいては四大人災《ヒューマン・エラー》である『万魔殿《パンデモニウム》』を拒否する造りになっているのは当然の効果である。

だからマノンは、自分が聖地に入れるようにことを企てた。

外で戦っていた万魔殿《パンデモニウム》が南の果てにある『霧魔殿《パンデモニウム》』から召喚した、太古の魔物。小指の彼女を目印にしてつなげることで、霧の結界の効果範囲が飛び地でつくられた。

南の果てにいる万魔殿《パンデモニウム》を封印するためならば、どこまでも湧《わ》き上がる霧の結界だ。人災《ヒューマン・エラー》である彼女をなによりも優先して拘束し続ける強力な魔導でありながらも、魔物を拒む結界ではない。

魔物を外に出さずに、内側に閉じ込める結界だ。

魔物を閉じ込めるためにある霧は、言い換えるならば内部に魔物が存在することを前提として構築されている。そのために聖地に入り込むことによって、霧のかかった場所ならば魔物がいることを許してしまっていた。

本来ならば入れない場所に足を踏み入れるために、魔物で聖地を攻めるという派手なことをした。魔物で聖地攻めなどという勝算のないことをしたのは、第一身分《ファウスト》に打撃を与えるためではない。マノンが聖地に入る下地をつくるためだけの一手だ。

「さてさて、わたくしを差し置こうなど『盟主』さんもメノウさんも寂《さび》しいことをしてくださいましたね」

罪を重ね続ける着物姿の少女が、大聖堂に足を向ける。

聖地は狭い。お目当ての建物はすぐに見つかった。

聖地のシンボルとしてそびえる大聖堂には、きっとメノウと『盟主』がいるのだろう。

「とりあえず、メノウさんは驚かせて、『盟主』さんには文句を言いましょう」

さて、どうやって入ろうかと大聖堂を周回していると、途中で一人の女性が眠っていた。

眼鏡《めがね》をかけた神官だ。彼女を見て、ぴんと来るものがあった。

「もし、起きてください」

揺さぶり起こすと、あっさりと意識を取り戻した。初対面のはずの彼女は、案の定マノンの顔を知っていた。

「あ、列車のお客さんですね。マノン様ですね。なんで、また外に？　私、マノン様を外出させましたっけ？」

「この騒ぎですから、少しばかり興味がひかれまして。ご一緒に出ようとお話ししたではありませんか。そこを魔物に襲われて、なんとか事なきを得たんです」

「んん？　そ、そうでしたっけ……」

口から出まかせな内容に乗せられる。メノウに気絶させられた後に外に出されたので、前後で混乱していた記憶が変な具合で補完されてしまった。

「あれぇ？　エルカミ大司教が別人に……って、そんなことあるわけないか。私、なんか変な夢を見ていて……うん。そうですよね。待ってください。いま、外から開けますから」

「はい、お待ちしています」

答えになっていないことに気がつかず、フーズヤードは『龍門』の転移陣を起動させる。壁一枚分の、ごくごく短い【転移】。

「どうぞ、通り抜けてください」

「ありがとうございます」

起動した光の扉をマノンはすり抜ける。

中でなにが起きているかも知らず、充満する霧とともにマノンは大聖堂に滑り込んだ。


メノウと導師《マスター》の戦いは、紋章魔導の打ち合いから始まった。

駅舎内という、間合いが限定された空間。熟練した戦闘員ならば紋章魔導よりも、ナイフを振るうほうが早いはずだというのに、二人は数秒の間に紋章魔導を放ち合う。

両者ともに、卓越した魔導の使い手。魔導の構築速度は互角といってよかった。

互いの効果を打ち消し合った紋章魔導の衝撃の余韻が収まる間もなく、先手を打ったのはメノウだった。

太ももから引き抜いた短剣の切っ先を繰りだす。紋章魔導発動から刺突の動作への移行には、瞬きの間隙《かんげき》も挟んでいない。

導師《マスター》は躊躇《ちゅうちょ》なく教典を盾にした。

表紙を金属補強された重厚さは、短剣の重さ相手ならば盾として不足はない。ぎぃっと金属同士が削り合う、嫌な音が響く。

ささやかな不快音で二人の動きが鈍るわけもない。左の教典でメノウの刺突をさばいた導師《マスター》が、逆手に持った右の短剣で脇腹《わきばら》を刺し貫きにくる。

防ぐべき場面、メノウは脚を上げた。

脛《すね》まで覆《おお》う編み上げの革のブーツ。魔導具でこそないが、職人技で造られた良品だ。これもまた、防具足りえる強度がある。刃を立てなければ切断はかなわないブーツを使って刃筋をそらして斬撃を受け流す。

ブーツで導師《マスター》の刃を弾きながら、メノウは体重を前に。大きく上げた足を勢いよく落とす。

相手の足を踏み砕こうという勢いは、後ろに引いた動きでかわされた。

だぁんッ、と床が震える。踏み込みを震脚に変えて、鋭い刺突で追撃。胴体を狙ったメノウの突きに、今度こそ導師《マスター》が大きく後ろに飛びのいた。

連撃はかわされた。だが単純な正面からの攻撃で仕留められるとは思っていない。

いま導師《マスター》が下がった間合いが欲しかった。

『導力：接続――教典・二章五節――』

メノウの意識は、すでに左に抱えた教典に入り込んでいた。

踏み込みと同時に構成していた教典魔導。高等魔導具である教典が導力光の輝きを放つ。

『発動【ああ、敬虔な羊の群れを囲む壁は崩れぬと知れ】』

導師《マスター》を向こう側にして、展開された白い壁が部屋を分断した。

この聖地を構成する壁と同質の魔導は、元からあるべきものであるかのように部屋に馴染《なじ》んでいる。

当然、導師《マスター》は壁の向こう側だ。魔導は攻勢魔導よりも防御魔導のほうが優性である場合が多い。教典魔導の防壁となれば、砕くのは困難な強度になる。導師《マスター》はモモやアーシュナのように導力量に優れているわけではないから、メノウと同じく力ずくには弱いはずだ。

防壁の顕現は十秒ほどが限界だ。

その間に攻撃を畳みかけるため教典魔導の発動に集中しかけたメノウは、はっと空気の流れを肌で察知する。

鼻先に、白刃が迫っていた。

「ッ⁉」

なにが起きたかわからない。心臓が止まるほどの驚愕。思考が追いつく前に、命の危機を避けるために体が勝手にのけぞる。まっすぐに突き出された刃はメノウの額をかすめた。

鈍色の切っ先から、柄、持ち手と無意識のうちに動きを追い、刃の持ち主の姿を瞳《ひとみ》が捉《とら》える。

短剣を突き出した導師《マスター》と、目が合った。

「……運がいいな」

ただの偶然で必殺をかわされたことに、さほど感慨もない声だった。短剣を持つ手首が返される。

今度は喉元《のどもと》。なぜ分断したはずの導師《マスター》がこちら側にという疑問をねじ伏せ、メノウは身をよじる。無理な動きに体勢が崩れるが、許容範囲だ。部屋を分断していた防壁の魔導を解除。今度はメノウが壁際まで下がって距離をとることに成功する。

導師《マスター》は出入り口を陣取っていた。片手で短剣を構える姿に、隙はない。

氷塊が胃の腑《い ふ》に落ちた気分だ。

先ほどの一撃。気がつくタイミングが一瞬でも遅れていたら、眼球から脳髄まで貫かれていた。ずっしりと全身が重い。自分の攻撃が上手く決まったという希望から、続けて二連続の死の恐怖。落差に精神が削られていた。

メノウは駅舎内に視線を巡らせる。

確かに導師《マスター》を壁の向こう側に押しやったはずだ。その導師《マスター》がなぜメノウに攻撃できたのかが理解できない。

まさか強靭な防壁をすり抜けたわけでもないだろう。導力迷彩にしてもおかしい。先ほど戦っていた導師《マスター》には、確かな手ごたえがあった。入れ替わる暇があったとも思えない。

部屋の中に、メノウは一つ違和感を発見する。

「……あれは」

先ほどメノウが分断した向こう側に、導師《マスター》の教典だけが落ちている。

入れ替わりのトリックの種が見えた。メノウの口からうめき声が漏れる。

「【導枝】……！」

「そういうことだ」

メノウを出迎えたのは、最初からアカリに擬態した【導枝】だったのだ。

導師《マスター》の短剣に刻まれた二つの紋章魔導の内の一つ【導枝】。導師《マスター》は導力の枝を操り、導力迷彩で自分の姿を映したのだ。ひと手間増えるが、虚像しかつくれないメノウとは違い実体ある偽者をつくり出せることになる。

アカリから導師《マスター》に姿を変えたことで、メノウは目の前にいた人物が本物だと信じ込んだ。先入観を利用したトリックだ。

恐ろしいことに導枝は声帯を模した構造をつくり出して操作することで声まで出していた。

メノウと切り結んでみせたことといい、分身といっても過言ではない精度だ。

いま出入り口を陣取っている導師《マスター》は、本物か。

答えは『わからない』だ。

「……」

ふうっと静かに息を吐く。

焦《あせ》っても有利になることなどなに一つない。導師《マスター》の手札が一つ、見えた。そう考えればいい。

『導力：接続――短剣・紋章――発動【疾風・導糸】』

風が吹きすさぶ。メノウの短剣から伸びた導力の糸が不規則に部屋中にはためく。

不自然に引っかかる場所は、ない。

他に実体がないのならば、あそこにいる導師《マスター》が本物だ。メノウは紋章の発動を止めると同時に突っ込む。

頸動脈を狙った一撃を、導師《マスター》は短剣で受け止める。

先ほどから打って変わって、魔導なしの短剣同士の斬り合いにシフトする。大きく動くことはない。近距離での、両者一歩も譲らぬ短剣同士のぶつかり合い。手で腕を払って軌道を逸らし、刃をぶつけて火花を散らす。

強い。ひやりとする場面もあった。油断はできない。

だが強い違和感がある。

届かないと、思えないのだ。

いま戦っている相手は、メノウと同等だ。あの導師《マスター》と戦っているはずなのに、この程度なのかという違和感が拭い去れない。

もっと隠した手札が、悪辣な罠が、圧倒的な魔導があるのではないか。メノウの基礎をつくった人物こそが導師《マスター》だ。予測もできない策があっておかしくない。

だというのに、目の前の人物の強さは――たかが知れている。

『陽炎《フレア》』。

生きた伝説。人の形をした処刑執行者。

人生最大の難敵と戦っているはずのメノウは、彼女に勝ててしまうビジョンが見えた。

「メノウ。お前はなにをしに来た」

「……アカリを、殺しに」

戦闘中の問いかけに、答えてしまう。答える余裕があった。

「トキトウ・アカリを殺す？　くだらん。期待外れな答えにもほどがある。第一身分《ファウスト》を裏切る決意はついて、なぜそこで止まる。なぜ、死別以上のものを求めない？　人を殺す。それしかできないのか？　お前も、そこで止まるのか？　この私と、同じように」

「どうしろって言うんですか！」

戦いの最中に叫ぶなど、いつ以来か。殺意とともに放たれる彼女の言葉にたまりかねて叫び返す。叫び返す程度の余裕を持って戦えているという事実が、どうしてかメノウの焦燥感を募らせる。

助けろというのか。アカリを。メノウが。

人を殺して生きてきた、処刑人が。なぜ、自分と同じ道を選んだはずの導師《マスター》がいまのメノウを責めるのか。

自分は人を殺した。だから人を救う資格などない。

アカリに似た立場の人を多く殺した。アカリと彼らの違いなど、殺せたか殺せなかったかの違いでしかない。

アカリを、たまたま殺すことができなかった。

だから三か月間の旅路があった。もしもアカリが死なない純粋概念を持っていなかったら、グリザリカ王国の王城内で関係を構築することなく終わっていた。メノウもいまだ、自分の生き方に疑いを持たずにいたはずだ。

「人を助ける資格なんて——私には、ないじゃないですか！」

「資格などいらん」

そんなメノウの言葉を切って捨てた。

「私とまったく同じで、なんにもなる。なんにもならないという人生は、十分に見せたつもりだ」

あまりにも導師《マスター》らしくない言葉に、息を呑む。

「なにを、言っているんですか……？」

人殺しだから、人を殺し続ける。そこで止まれば、導師《マスター》『陽炎《フレア》』と変わらない。

人を殺し続けた道には、なにも残らない。

ただただ、後にも先にも赤い跡が続くだけだ。

メノウはそれしか生きる道を知らない。同じ道を歩いて、さらに先に進んでいるはずの導師《マスター》の言葉が的確にメノウの本質を引きずりだす。

「清く正しい神官にもなれず、無情で人を殺す悪人にもなれず、お前は何者になるつもりだ？」

「どうしようもないから、私たちが殺しているじゃないんですか⁉」

「そうだ。どうしようもない。召喚された異世界人は人災《ヒューマン・エラー》になる。世界は星から概念を収奪するために人災《ヒューマン・エラー》化を促す始末だ。本当に、この世界はどうしようもない」

「じゃあ、アカリだけ助けるのは、道理になりません」

「バカか。理屈で考えるから、そうなる。まずは自分の感情を見ろ、メノウ」

ふっと目の前の導師《マスター》の姿が消え失せる。導力迷彩だ。わかっていても、眼前で視覚を欺かれると戸惑いが生まれる。

「友を助けることは、世界を滅ぼすに足る」

導師《マスター》の言葉を直視すれば、なにかが砕ける。

よりにもよって、誰よりも処刑人のはずの導師《マスター》『陽炎《フレア》』が、メノウにアカリを助けろと言っている。その事実を聞かされ、脳みそに麻痺が走る。思考がしびれていく。

だから聴覚には頼らない。意識して遮断する。

視覚から消えた導師《マスター》に、メノウは逡巡を挟むことなく嗅覚で追った。

煙の臭いがしていた。

ここに来た時に真っ先にアカリの姿を偽った導力迷彩を看破できたのは、懐かしい煙草の臭いがしたからだ。

メノウは導師《マスター》がごく稀に煙草を吸うことがあることは知っていた。

人は自分の体臭に無自覚だ。嗅覚を頼りに、背後に回った気配に短剣を叩《たた》きつける。牽制のための一撃は、なぜか導師《マスター》が持つ短剣を弾き飛ばしていた。

きぃんと音を立てて、導師《マスター》の短剣が真上に上がる。

勝機を見つけ出した。

メノウはしゃにむに手に持つ短剣を差し込んだ。

導師《マスター》は無手。短剣を弾かれた衝撃で体勢も崩れている。抵抗のそぶりがない。本当に、なにもない。このまま刃を進めれば、メノウの刃は導師《マスター》の首に突き刺さり、確実に致命傷を与える。鮮明に未来予想図が脳裏《のうり》に閃《ひらめ》く。メノウの短剣が頸動脈を貫き、首から鮮血を噴き出す導師《マスター》の姿がはっきりと見えた。

殺せる。

自分が、導師《マスター》を。

この人を。大きく口を開けて笑う人を。幼いメノウを引き取った人を。一緒に旅をした人を。

頭に手を置いて、乱暴に髪を撫でる人を。自分がなりたいと思った人を。

殺、す？

「――――あ？」

吐息とともに、メノウの口から疑問符が吐き出された。

信じられないことが起こった。

メノウは導師《マスター》の命を奪えた切っ先を、強引にずらしていた。

頸動脈を貫くはずだった短剣は、空を切った。伸びきった自分の腕、短剣の刃先が見える。

振り抜いた残身の姿勢のまま、メノウの思考とともに世界が静止しているかのようだった。

なにを、やっている。

疑念が空白となって、メノウの心を占有する。

自分で、なぜなのかという理由がまるでわからない。いま自分がやったことが、信じられなかった。導師《マスター》の死にざまを想起した瞬間、避けた。殺し合っていた相手の死を、避けてしまった。判断したわけでも、決断を下したわけでもない。

体が、勝手に動いた。

人を殺すのを、避けたのだ。

幾人もの『善い人』すら殺してきた、自分が。

三か月の旅で、友達になったアカリを殺しにきた自分が。

頭が真っ白になる。脳みそがしびれて、思考が完全に停止した。

「くはっ」

メノウが止まろうが世界の時間は止まらない。導師《マスター》が大口を開けて笑う。

メノウが弾き飛ばしたはずの短剣が、くるくると回転しながら導師《マスター》の手元に落ちてくる。

そこにあるのが当然と片手でつかみ取った刃に導師《マスター》が導力を流し込む。

無理やり短剣の軌道を逸らしたせいで、メノウは全身隙だらけだった。導師《マスター》の発動させる魔導を茫然と見つめること以外、なにもできなかった。

「どうも、殺さないでくれてありがとう」

『導力：接続──短剣・紋章──発動【導枝：寄生鷲の種】』

ぱん、と小さな音がした。

導力銃によく似た発砲音が、導師《マスター》の短剣から鳴った。

肩に、痛み。なんだと視線が動く前に、メノウの内部で導力の実がもぞりと蠢《うごめ》き芽吹く気配をみせる。メノウの血肉と導力を吸うために根を張り巡らせる。

「ッ！」

ようやく思考が起動した。命の危機に心よりも訓練された体が動く。

奥歯を噛《か》みしめる。悔恨ではない。後悔などしている暇はない。来たるべき痛みをこらえるため、歯を食いしばる。

すでに芽吹き始めた根が体内に入り込んでくる。即座に覚悟を決めたメノウは、自分の短剣を肩口に突き刺した。核の部分を指で挟み、肉が引きちぎれる激痛を無視して引き抜く。

罠《わな》ではなかった。さっき突き刺せば、勝てた。殺せた。

息を荒らげながら、かろうじて導師をにらむ。

人を殺すことを、ためらったのだ。導師《マスター》との会話で自分の感情を見つめたせいか。それとも他の要因か。

メノウが殺せなかったから、導師《マスター》は生き延びた。

吐き気がした。人を殺した時以上に、自分が人を殺すことを避けたことに対しての自己嫌悪ががんがんとした頭痛になって脳内を叩く。肩の痛みなどどうでもよくなるほどの負荷が精神にかかる。

「それで、お前はなんなんだ?」

あなたが育てた処刑人です。

そう答えることは、できなかった。

誰かを助ける資格がない。だからアカリだって、殺しに来た。

そう言っておきながら、自分は人を殺すことをためらった。

力量の問題ではない。導師《マスター》を殺すことを、心が拒否したのだ。

この間違いは、決定的だ。

処刑人として人を殺し続けたメノウの中で、なにかが砕け散った。抵抗する気力が、根こそぎなくなった。

殺せたのに、殺せなかった。殺すべき相手を殺せなかった。

自分の流儀を曲げた代償は、あまりに大きい。

メノウの心を折り砕いた導師《マスター》が、気力が失せた様子につまらなそうに目を細める。それでも彼女はメノウとは違う。人を殺す動きは止まることなく、短剣を振り上げた。

メノウは避《よ》けない。避ける気力が失われている。

死ぬ。

しびれて脳が麻痺したまま、非現実感に支配されたメノウが死を賜ろうとした時だ。

「状況はつかめませんが……」

場違いなほどおっとりした声が聞こえた。

メノウのみならず、導師《マスター》の視線まで声の主に向けられる。

駅舎の扉の隙間《すきま》から、なぜかマノンが顔をのぞかせていた。メノウと目が合った彼女は、ひらひらと嬉《うれ》しそうな顔で手を振る。

いつも通りの着物姿の彼女の手には鉄扇が握られている。リベールで戦った時にも使用された、護身用の武器。彼女の鉄扇には、紋章が一つだけ刻まれている。

『導力：接続――鉄扇・紋章――』

メノウや導師《マスター》に比べれば、ゆっくりとした紋章起動だ。後追いでも余裕で追いつける魔導構築速度。だが目の前に戦っている相手がいるために、二人ともマノンの攻撃を止めることができなかった。

たおやかな笑みを浮かべたマノンが、二人の戦う室内に向けて導力光に輝く鉄扇を振りかぶる。

『発動【風刃】』

鉄扇を振り抜き、ふわりと風が動いた一瞬後。

なにもかもを台無しにする旋風の刃が吹き荒れた。


音が、鳴りやんだ。

マノンの一撃をしのいだ導師《マスター》は、室内の様子に顔をしかめる。

紋章魔導【風刃】による、逃げ場のない室内での範囲攻撃だ。複数の風の刃が渦巻いた攻撃。モモほどの導力量があるのならば導力強化でしのげてしまうが、普通ならば八つ裂きである。導師《マスター》でも一度攻撃の手を止めて【障壁】の紋章を発動させる必要があった。

それはメノウも同じだ。マノンの【風刃】自体は神官服の【障壁】でしのいだ。

違うところがあるとすれば伏せた状態で【障壁】を展開させて受け流した導師《マスター》と違い、メノウはわざと立ったまま風の刃を受け止めて吹き飛ばされた。

「意外と、生き汚いな」

マノンの攻撃の衝撃を利用して、メノウは逃げ出した。

心を折り砕いたと思ったのだが、生きる気力があったようだ。普段は閉じている大聖堂の出入り口だが、マノンが使った直後とあって通り抜けることができたらしいのも運がいい。

点々と残る血の跡を見れば明らかだ。逃げ出した直後は余裕がなくともさすがに途中で偽装するだろう。

とどめを刺し損ねた。状況をひっかきまわした張本人に視線を向ける。

「マノン・リベールか。そんな体で、よく聖地に入り込もうなどと思ったな」

「入り込む？　これはまた、不思議なことをおっしゃりますね」

導師《マスター》の詰問を前にしても、マノンは落ち着いたものだ。袖《そで》から出した鉄扇を口元に、いつもとなんら変わらないおっとりした口調で弁舌を立てる。

「とやかく咎《とが》められるいわれがありますか？　わたくしは最初から『盟主』さまの付き添いとして正当なルートで大聖堂に入っていますのに」

「ほう？」

導師《マスター》は彼女の隣へと視線を向ける。マノンが入ってきたのを察して、出迎えに下りてきたのだろう。カガルマがそこにいた。

彼がメノウの侵入を手引きしたことなど、わかりきっている。『陽炎《フレア》』の仇敵《きゅうてき》たる彼は、ふっとニヒルに笑って胸を張る。

「万事、彼女の言う通りだとも！」

即座に話を合わせてみせる対応は、マノンがにこやかな微笑みを浮べたままカガルマの背中をつねっていなければ格好がついたのかもしれない。

どうせ殺しても死なない男だ。カガルマの存在を無視する。

「百歩譲ってそれでいいとして、この魔物騒ぎの責任も、とる気はないと」

「ええ、ございません。野良《のら》の魔物も聖地を攻める気概を持つなど、果敢なものだと感服するばかりです」

「外には『万魔殿《パンデモニウム》』の小指がいるようだが？　お前は奴《やつ》のお気に入りだ。奴が南の『霧魔殿《パンデモニウム》』とつながったせいで、大聖堂まで霧が入り込んでいるぞ。おかげで聖地の結界の効果が死んでいる」

「まあ！　おてんばさんですね、あの子も」

魔物襲撃の真実は、結界の効果を相殺してマノンが聖地に入れるようにするためだけのものだ。おおむねマノンの狙い通りの結果になっているのだが、そんな真相はおくびにも出さず典雅に笑う。

「でも今回の騒動には他に指揮者がいたのでしょう？　きっとあの子がお遊びでそそのかしたどこかの誰かですね。わたくし、今回は仲間外れにされてしまいました。悲しいです」

これが、わざわざサハラを魔物の群れにまぎれさせた理由である。建前《たてまえ》だけのために別の首謀者としてサハラを利用したマノンは袖を目元にあてて、わざとらしくシクシクと嘆く。

導師《マスター》はうろんな目を向ける。

「あくまで、関係ないと」

「はい」

「いまさっき邪魔してくれた件は？」

泣き真似を止めて袖を下げたマノンは、にっこりと笑う。

「お母様の仇《かたき》を前にして、むしゃくしゃしてやりました」

堂々と、そんなことを言いきった。

万魔殿《パンデモニウム》の召喚魔導によって発生し続ける霧に包まれた、聖地周辺。

「……」

田園部に転がる魔物の死体の陰から、こそこそと顔を出したのはサハラだった。

一度は濃霧に紛れた彼女だが、こっそりモモとの戦闘跡に戻ってきた。

なにせ肉体をつくった時に全裸だったために、服が必要だったのだ。恐るべき魔導行使者であるエルカミも憎きモモもいないことを確認した彼女は、周囲から裸体を隠す霧に感謝しつつもごそごそと自分の死体から自分の服を剝《は》ぐという正気がゴリゴリと削れる作業をする。

「もう付き合ってられない……。このまま万魔殿《パンデモニウム》からも逃げようそうしよう」

これは断じて、モモから逃げているわけではない。自分が逃げるのはあの小さくも恐ろしい怪物『万魔殿《パンデモニウム》』の手から逃れるためだ。逃げた後をどうするかは決めていないが、かなり痛い目にあったサハラは特に計画性の欠片《かけら》もない逃亡を決意する。

サハラが自分の心を納得させて修道服に着替え終えた時だ。

前方に、気配を感じた。

サハラは警戒の視線を向ける。足音の重量感からして魔物ではない。霧の向こうに見える輪郭も人の姿をしている。方向からして聖地から出てきているあたり、もしや追撃の神官でも派遣されたのかもしれない。

また戦闘になる可能性に備えて身構えていたサハラは、霧の向こうに見える相手に違和感を覚えた。

よろめいている歩調。左手で右肩をかばっている姿勢。どうやら怪我《けが》をしている。追撃というよりかは、敗残兵の様相を呈している。

弱った神官なら、適当に見逃せばいいかと霧に潜もうとしたのだが、徐々にはっきりする輪郭にサハラの目が吸い寄せられる。

身長はさほどないのだが、頭身と手足の長さのバランスがいいのか、立ち姿にはやけに存在感がある。ひらりとはためく神官服は太ももまでスリットが入るという改造が施されているのに、過度に派手ではなく実用性と見栄えが両立していてよく似合っていた。

なにより、やたらと顔がいい。

きれいな肌に、長いまつ毛に縁どられたぱっちりとした瞳。黒いスカーフリボンでくくった栗毛の髪も細く、艶やかだ。

まるでサハラがこうなりたいと頭の中で描く理想像が二本足で歩いているかのようだ。数秒見とれてから、はっと我に返る。

サハラも知っている相手だ。

「め、のう……？」

やたらと美人だと思ったら、メノウだった。図らずも呼びかけになってしまった声に、メノウが顔を上げる。

「……サハラ？」

霧のせいか、傷の深さゆえか、向こうも気がついていなかったらしい。

メノウとサハラが向き合った。

無我夢中で逃げていた。五里霧中の心境だった。

自分でえぐった肩が痛む。いままでも負けることはいくらでもあった。戦略的な撤退は数知れない。

だが、これほど千々に乱れた心境で逃げるのは初めてだった。自分の中の感情がこれほど分裂してぶつかりあっている心境になったこと自体、生まれて初めてなのかもしれない。

メノウは泣いた記憶というものがない。導師《マスター》に連れて歩かれ、修道院で厳しい訓練をこなしながらも、大切なものをなくして涙を流した覚えが一つもない。もしかしたらなくした幼少の頃には泣き叫んだ日もあるかもしれない。だがメノウの記憶に、悲しみで自分が泣いたということはなかった。

それは単純に『なにかを守りたい』という気持ちを抱いたことがなかったからだ。

アカリとの友情が、きっとそうだと思った。自分の手でアカリを殺したら、泣いてしまうだろうと思っていた。

違った。

メノウにはアカリと出会う前からあったのだ。

導師《マスター》『陽炎《フレア》』との思い出こそが、メノウの殺意を最大限に鈍らせた。

「……ふ、ふふふ！」

笑いが込み上げてきた。自分の無様さが無性におかしかった。

あとには引けないと覚悟していたはずだった。自分の命など、捨てにきた。精根尽きて、肉体をすり減らして、紙を丸めるみたいに潰れて死ぬまで全力を尽くすつもりだった。

それなのに、殺せなかった。

導師《マスター》と戦った。出た結果は、勝ち負けですらなかった。負けて殺されれば、それはそれで悔いがないはずだった。

導師《マスター》の首から刃を逸らした瞬間が、いつまでも頭の中に居座っていた。

――どうも、殺さないでくれてありがとう。

メノウの心を粉みじんにした一言が、延々と巡り続けている。

確実に殺せる場面で、殺せなかった。勝てば、目的のための障害はなかった。塩の大地に行く道は開き、難敵である大司教は聖地の外にいた。北塔に閉じ込められているアカリを連れて行けば、すべてに決着をつけることができた。

万事が成功する道を自ら捨てた。

だというのに、だ。

メノウは導師《マスター》を殺さなかったことを、決して後悔していないのだ。

もちろん理性は刺し殺すべきだったと主張している。どうするべきなのかは即答できる。目的に即した正しい答えを、頭でははじき出せる。模範解答は誤ることなく存在している。

だが、理性の通りに行動できるのかと問われた時に、メノウの心は答えを出せずにいた。

いますぐにでもアカリの純粋概念【時】の魔導で導師《マスター》を刺し殺そうとした瞬間に舞い戻ったとして、現在進行形でメノウを苦しめる失態を拭い去れる機会を手渡されたとして――それでも、同じように短剣を逸らさないでいられるかといえば、わからないのだ。

そんなことがあるのだろうか。

目的のための正しい行動はわかっているのに、正解を選べない。

人を殺してきた自分が、禁忌だというだけでなんの罪もない異世界人を殺してきた自分が、
アカリを殺すと決めた自分が――よりにもよって導師《マスター》『陽炎《フレア》』を殺せない、だなんてことが。

想定もしていなかった現実が、あったのだ。

メノウは、導師《マスター》『陽炎《フレア》』を殺せない。

それが事実だ。

自分の滑稽さに笑おうとして、唐突に吐き気が込み上げた。

「うえ」

喉元を押さえて、空嘔《からえ》吐《ず》きを繰り返す。吐しゃ物は出てこない。胃がひっくり返っているのに、吐き出すものがなにもない。もともと塩の大地に転移した後は導師《マスター》を待ち受けて潜伏する予定だったために、胃を空にしていた。

だがいまのメノウには、吐き出すものすらない自分の空虚さを示している気がしてならなかった。

自分の腹の中に、真っ赤な虚無があった。自分が歩いていた、赤い足跡。それがまとめて蒸発して虚無と化し、メノウを飲み込もうとしていた。戦いようもない、殺しようもない、言葉すらない虚無。薄っぺらいほど恐ろしい虚《うつ》ろは、メノウの人生そのものだ。

人を殺せない処刑人に、なんの意味がある？

メノウは短剣を逸らした瞬間に、自分の生き方を自分で否定した。他でもない自分が、自分自身を裏切った。

それも、最悪な形で。一歩も前に踏み出せず、過去の赤い足跡をも無視して、ただ刃を放りだした。導師《マスター》との会話で情を引きずり出されて、人を殺せなくなった。

死にたかった。

違う。死にたかったのなら、あの場で突っ立っていればよかった。

なのに、どうして逃げたのか。

自分のすべてが、信じられなくなって立往生していた時だ。

「め、のう……？」

声が、聞こえた。

メノウは顔を上げる。霧に囲まれた中、サハラがいた。

「……サハラ？」

ああ、ここまでか。

諦観よりも、感謝が湧いた。偶然の出会いが必然の救いに見えた。

導師《マスター》に負けて、命からがら逃げる途上でサハラに殺される。脈絡もない最期の道筋が、すんなりとメノウの胃の腑に収まった。

この状況は、サハラにとって絶好の機会だった。

いまなら誰だってメノウを殺せる。

戦えば、まず間違いなく勝てる。それが確信できるほどにメノウは弱っている。体も心も衰弱しきっていた。

だというのに、サハラが吐き出したのは攻撃するための銃弾ではなく問いかける言葉だった。

「……なにを、やってるの」

明らかに負け姿のメノウを見て、サハラの声が震える。無意識に握った右腕の義腕が、ぎしりと音を立てる。

「導師《マスター》に負けたの。我ながら、情けないわ」

メノウが笑いながら答える。

「実力で、負けたわけじゃない。なのに殺せなかった。友達を殺してみせるなんていう目的で来た分際が、人を殺すことしかできない処刑人のくせして——よりにもよって、敵対した導師《マスター》を殺すのをためらった。バカみたいな負け方だったわ」

メノウの負け様など、サハラの知ったことではない。

「アカリちゃんを助けに来たんじゃないの?」

「……まあ、広義にいえば、そうかしら」

「もう時間、ないでしょ」

「ないけど」

肩の傷を押さえるメノウは、悔しさを見せずに答える。

「負けたのよ」

負けた。

だから、なんだ。

サハラはメノウの胸倉《むなぐら》をつかんだ。メノウはロクに抵抗しなかった。失血の続いた肉体に体力は残っておらず、戦いの果てに導力も使い切っている。されるがままだ。

カッと頭に血が上った。サハラが義腕を振り上げ、メノウを思いっきり殴りつける。

メノウはのろのろと自分の頬を押さえる。痛みを感じているのかすら怪しい、ぼんやりとした動作だ。

「……それだけ？」

なぜ、こんなに甘い攻撃をするのか。いまの自分が欲しいのは、こんなものではない。そう言わんばかりだ。

アカリを助けようとして、導師《マスター》に負けた。ある意味では順当な結果だ。メノウは導師《マスター》に順当に負けて、命からがら敗走している。

ここでサハラがとどめを刺せば、すべてが終わる。サハラがすべてを終わらせることができる。

千載一遇のチャンスを前にしながら、サハラはなぜかメノウを肩に担《かつ》いでいた。

このままだと野垂れ死にしかねない程度には傷を負っていたメノウは、サハラの肩の上であえぐように疑問符を上げる。

「なに、してるの……？」

「知らないわよ！」

サハラは怒鳴り返していた。

サハラにメノウを助ける必要などない。むしろ、ここでとどめを刺すべきだ。

だが。

「死にたそうな顔をしているあんたを殺してあげるほど、私、素直じゃないのっ」

いまのサハラを占める感情は、一つだけだ。

「気に入らない、気に入らないっ、気に入らない！」

ぶつぶつと無意識に毒づく。自分だって、どうして助けているのかわからない。サハラは延々と毒づきながら近くの修道院に、メノウを引きずっていく。

気に入らないことだらけだ。サハラの人生は、ずっと、気にくわない事象にあふれている。

「メノウが私以外に負けるなんて、もっと気に入らない……！」

「そんなこと言われても……負けてばっかりよ、私なんて」

メノウがサハラに負けていたのは、幼少期だけだ。そしてメノウはサハラ以外にも山ほど敗北を積み上げている。そんなこと、サハラだって覚えている。

「うるさい！」

嚙《か》みつくように叫ぶ。負け犬の反論なんて一言だって耳に入れたくなかった。

「だいたい、メノウは諦めがよすぎるっ」

「私が？」

諦めがよければ、こんなところにいない。アカリを諦めないためにここに来たのだと、目で不服を訴えてくるが、サハラはまったく納得していなかった。

「諦めが悪い奴は、そんな綺麗な目をしない」

「……どういうこと？」

「どうせ、自分は精いっぱいやったとか、これ以上は望むべくもないとか考えてるでしょ」

「……悪い？」

「悪いに決まってる」

即答すると、むっつりと口をつぐむ。割りきりのよさは数少ない自分の美徳のはずだと言わんばかりだ。

「メノウがそんなのだからっ」

霧の中、田畑を突っ切ったサハラは修道院の玄関に着いた。

「私は、あんたが大嫌い」

人にいい顔して、その癖《くせ》、なにも感じない。メノウを動かしているのは使命感で、義務感だ。泣かない。怒鳴らない。愛想のいい笑みばかり浮かべている。いつも冷静で、落ち着いている。

メノウはいつも綺麗だ。

それがムカつく。

こうして傷ついている時すらも――美しさが勝る。

「顔のいいやつは、これだからムカつく」

「ええ……？」

理不尽な言動にメノウが困惑していた。

サハラの知ったことではなかった。

嫌いな相手の不細工な顔を見たいと思って、なにが悪い。泣くなら、顔をぐしゃぐしゃにして泣け。怒るなら、もっと繕わずに怒れ。心の底から、そう思う。

「理屈ばっかで動くから、自分の感情がわからなくなるのよ」

怒りで息を切らせたサハラが、修道院の入り口に手をかけた時だ。

「あ」

「え？」

肩を貸していた、隙だらけの体勢。無人だとばかり思っていた場所で、修道院でシャワーを浴び終えたモモと玄関で遭遇した。

不意のエンカウントに、三人の思考が固まる。

モモの視線が固まるサハラから、負傷しているメノウへと移る。

ぼっと音を立ててモモの瞳が怒りで燃えた。

「ちょ、なにか誤か――」

「――死ねぇ！」

有無を言わせることなく、モモはサハラの顔面に拳を叩きこんだ。


大聖堂の中で起こっていた騒動は、監禁されているアカリの部屋にも届いていた。

だがアカリは、外に意識を向ける余裕を失っていた。扉は内側から開けないが、もし監禁されていなくてもアカリは外に出ることをしなかっただろう。

導師《マスター》『陽炎《フレア》』に言われた言葉が棘となって胸に刺さっていた。

繰り返せば繰り返すだけ、悪くなっていく時間。魔導を使えば使うほどに、記憶が零《こぼ》れていく自分。無為な行動を重ねた報いは、確かにアカリを蝕《むしば》んでいた。

自分が自分でなくなっていく。

魔導を行使する度に過去を忘れる。純粋概念の持ち主がその恐怖に打ち勝つのは、並ではない。アカリとて自分が自分でなくなっていく恐怖を乗り越えられたのは、確固たる希望と消極的な諦観《ていかん》があったからだ。

アカリは自分のことを諦めていた。

繰り返す時間の中で、自分はどうなってもいいからメノウを助けるのだと。自分が死ぬことでメノウが生きるのだと決めていた。

自分がいらない。メノウが自分を殺すことが彼女の助けになる。どうせ死ぬなら、自分の記憶なんてなくなっていいと考えていた。

だから、自分のことを忘れても平気だった。

メノウを救うために、彼女に殺される。そうしてメノウの中に残れるのならば、アカリはすべてを失っても惜しくなかった。

だがいまは違う。改めて実感した、虫食いだらけの日本の記憶。すでに両親の名前を思い出せないという事実に、怖気《おぞけ》が走る。

初めてメノウと出会った時に、問いかけてきた問い。

――あなた、どこの学校の何年何組⁉

自分が異世界人かどうか、確かめるための質問。それにいまは答えることが、できるのか。

「わたし、は……」

セーラー服を着ていたし、どこかの学校に通っていたのは間違いない。自分は十六歳だから、きっと高校一年生だ。二年生では、なかった気がする。

けれどもアカリの口から具体的な記憶が出てくることは、なかった。

自分の肩を抱きしめて、ぶるりと震える。

自分は、誰なのか。

友達も、両親も、自分のことさえも思い出せない。記憶の連続性を失い、ぷっつりと失った過去からいまが始まっている。

なにがあったのか、日本での自分はどんな人間だったのか。自分の名前はある。トキトウ・アカリ。それに間違いないはずだ。

当たり前の人生を思い出せない自分が、本当に時任灯里《ときとうあかり》であるのか。

「……ほんとうに？」

「まだ……大丈夫だから」

自分に言い聞かせる。

この世界に来た時から、アカリの記憶は始まっている。何度も繰り返したこと。メノウと歩んだ旅程。メノウとの思い出が、トキトウ・アカリの人格を支えている。

それ以外に、なにもないのだ。

日本のことを忘れて、自分が異世界人であることも忘れて、果てはなにもかもわからなくなった人災《ヒューマン・エラー》になるまでは、まだ時間がある。

同時に、メノウとの記憶がすべてだからこそ、これ以上の記憶を失いたくなかった。なんのために時間をループさせてしまったのかさえ忘れてしまえば、それこそ、なんのためにここまで来たのかがわからない。

メノウは、メノウのことを助ける人のことを許せないと言った。だからメノウは来るはずだ。メノウを助ける自分を、殺しに。

アカリの中で、二つの思いがせめぎ合っていた。

来てほしい。

メノウに終わらせてほしい。

来てほしくない。

メノウに生きてほしい。

二つの思いがせめぎ合っている。そして導師《マスター》『陽炎《フレア》』に囚《とら》われて、ここで待つだけのアカリの願望は関係がない。メノウが来るか、来ないかは、メノウだけの意思にゆだねられている。来ないでほしいというアカリの嘆願は、メノウにすでに否定されている。

だからメノウは来る。

アカリにもどうしようもない。やり直すべきなのか。だがいまは、それすら許されない状況だ。純粋概念の魔導には制限がかけられている。監視をしている導師《マスター》『陽炎《フレア》』の隙を見て逃げ出せるとは思えない。

どんなに歪《いびつ》に見えても、間違いなく、アカリはメノウのことを信じていた。いまのどうしようもなくなったアカリを殺しに来てくれるはずだ。

それでも――メノウが死んでは、意味がない。

やり直したいと願った最初となにも変わらない。

メノウが死んで、モモも死んで、自分も赤黒い髪の神官に殺される。そんな最期を嫌だと思ったから、アカリは繰り返しているのだ。

メノウと初めて出会った時に運命だと思った感情は、覚えている。

「助けてよぉ……」

自分のためではない。

メノウの生きる道がないかを探し求め続けるアカリは鼻声で顔を覆った。


魔物の侵攻が原因で避難が行われ、本来ならば無人となっているはずの修道院の一室に三人の少女がいた。

導師《マスター》との戦闘で傷を負ったメノウ、顔面に拳をぶち込まれて意識を飛ばしたサハラ、一人だけぴんぴんしているモモの三人だ。

神官、神官補佐、修道女とある意味でバランスが整っている。怪我人であるメノウはベッドに寝かされていた。修道院にあった治療箱でかいがいしくメノウの傷に手当てを施したのはモモである。

　ここまでメノウを運んできたサハラといえば、修道院の出入り口で出会い頭にモモからテレフォンパンチを食らってから意識を取り戻していない。気絶した後、雑に引きずられて床に寝かされている。モモはとどめを刺そうとしていたのだが、さすがにメノウが止めた。

「先輩ー、やっぱりこいつは殺しておくべきだと思いますぅ。見るからにクソ禁忌ですし、聖地を襲ってきた主犯の一人ですしー！　本体の導力義肢をぶっ壊したら死ぬらしいので、チャンスですぅ！」

「いいから、置いておきなさい」

　サハラの処理について死刑で決着をつけようとするモモの頭を、ぽんぽんと撫《な》でて落ち着かせる。いつもと変わらないモモの言動に、メノウはなんとか心の平静を取り戻していた。

　確かにサハラは禁忌を犯した。意識を失っているうちに始末するのが筋なのだが、助けられたこともあって先延ばしにしていた。

　いや、とメノウは心の中で独白する。

　助けられたからなんていうのは建前だ。もっと単純に、いまのメノウは、自分が人を殺せるかどうかすらわかっていなかった。

　導師《マスター》を殺せなかった時点で、どの面を下げて他の誰かを殺せるのだという感情が渦巻く。

　そろそろ目を覚ます頃かと様子を見ていると、タイミングよくサハラがはっと目を覚ました。

ゆっくり上体を起こしながら、頭を振る。

「どうしてかしら。修道院に避難しようとしたら、なぜか偶然ばったり野生のピンクゴリラと遭遇する夢を――」

「ああん？　なんか文句あるんですか？」

「――訂正。夢じゃなかった。小型ゴリラと一緒の部屋にいるとか、悪夢よりタチが悪い」

起き上がって早速、サハラとモモがバチバチとにらみ合う。なにせ数時間前まで殺し合いをしていた二人だ。和気あいあいとなるはずがない。

ひとしきりにらみ合いが終わった。モモがメノウに目を向ける。

「それで、先輩はどうしてこんなところで、こんなやつと？」

モモがもっともな質問をした。


一通りの説明をした。

カガルマ・ダルタロスに随行して聖地の大聖堂に忍び込んだこと。そしていざアカリの身柄を確保しようとしたところで導師《マスター》に敗北したこと。敗走中になぜかサハラが手助けをしたこと。

失敗した。

ただ失敗しただけではない。導師《マスター》を殺すことを、避けた。まるで人を殺すことを厭《いと》う、普通の人間みたいなことをしてしまった。そのことも含めて、包み隠さず明かす。

「おかげで、どうすればいいかわからなくなったわ」

自分はすでに、処刑人ですらないのかもしれない。

メノウは導師《マスター》『陽炎《フレア》』の教えを守りそこなった。

悪人になれば、なにも考えずにアカリを引き渡せた。それが正しい形で、それ以外のものを求める必要はなかった。処刑人であることを貫けば、導師《マスター》をためらいなく刺し殺せた。

メノウの行動にあるノイズは、アカリが与えた変化だ。

アカリの笑顔は処刑人であるメノウを変化させた。アカリとの会話は、メノウの心をやわらかくした。アカリという特定の個人のためにという甘くやわらかい行動原理で導師《マスター》と戦ったせいで、いまのメノウは誰も殺せなくなるほどに信念をえぐられた。

「私が処刑人である意味を捨てきれないで、なのに誰よりも処刑人だった導師《マスター》の教えに反した」

アカリは、メノウのために自分の全存在を賭《か》けてくれた。

対してメノウはどこまでも中途半端《ちゅうとはんぱ》だ。

自分の命はいい。捨てる覚悟はできていた。だが処刑人としての自分を捨ててまで、アカリを助けようとは思っていなかった。いままでの生き方を捨てることをせずに、アカリを殺すことで解決しようとしていた。

それでいながらメノウは、導師《マスター》を殺せなかったのだ。

自分が持っていたはずの生きかたと実際に直面した現実との矛盾が、メノウの心を十重《とえ》二重《はたえ》と囲っていた。

「ねえ、モモ」

「なんですか？」

「私ね、モモに善い人を殺してほしくなかったの」

「はい？」

なんの話かとモモが小首を傾《かし》げる。メノウは構わずに心境を吐露する。

「戦う人間は仕方ないわ。神官も、騎士も、あるいは未開拓領域に出た冒険者や、向こうから襲い掛かってくる悪党ども。それを相手に回して、殺すななんて言えるはずがないもの」

過剰な不殺はモモの身すら危なくする。

処刑人の世界にいる時点で、メノウは殺人と暴力を容認した。機能としての殺人と暴力を容認しなければ、殺人者と暴力者にされるがままになる人々がいるからだ。

少なくともメノウは、モモのほうが大切だ。だからモモが生き抜くために人を殺すことに否《いな》はない。

ただ。

「なんの罪も犯していない人。そういう人は、モモに殺してほしくなかったの」

無意識にモモに託そうとしていた生きかたは、夢に見たメノウの理想だったかもしれない。

だからメノウは、とっくに取り返しのつかない人間だ。夢見る人を夢に見るほど殺してきて、他人を殺すことに意味を探すほどに人を殺してきて――挙句の果てが、誰かを殺せない自分を見つけて、途方に暮れている。

「導師《マスター》の教えた道から一歩踏み外しただけで、自分の生きる道がわからなくなったのよ」

出会った時から『運命だ』と言ったアカリ。彼女には、いまのメノウとは違うメノウとの思い出がある。アカリが自分の全部を賭けられると決心するほどの記憶だ。

だからいっそ――メノウもそれほどの時間が欲しい。

アカリがメノウを思うに至ったほどの、記憶が。嘘もないつながりが。

けれども、なくなった時間を知る術《すべ》などない。

「……バッカみたい」

横合いからメノウの弱音を罵《ののし》ったのはサハラだ。メノウとモモ、二人の視線がサハラに向かった。彼女は嫌味っぽく減らず口を叩く。

「うじうじして、悟ったようなこと言って、誰だって考える当たり前のことを特別みたいに話して楽しい？　自分の生き方がわからないで迷走するのだって、よくあることじゃない。自分でわからない？　はっ！　わからないなら、誰かに聞けば？」

皮肉たっぷりの台詞は、サハラにとってみれば嫌味以上の意味はなかった。モモの目が尖り、怒りのままに小さな体が導力光に包まれる。

だがメノウは。

「あ」

膝を抱えるサハラを見て、メノウは不意に閃いた。いまの台詞を聞いて、革命的なほど革新的に求めていた答えを得る方法を思いついた。

メノウは他人の感情を受け取ったことがある。ダイレクトに。言葉にならない情感も含めて。本人の経験を追体験したことが、確かにあった。他ならない目の前にサハラの情念を、メノウは体験したことがある。

導力接続で。

メノウも知らないアカリとの時間を受け取る方法が、そこにあった。

「……なによ」

メノウの視線を受け続けていたサハラが、居心地悪そうに身じろぎする。

見落とし続けていた答えに気がついた時、メノウはまず茫然とした。

次いで、腹の底から笑いが込み上げてきた。

「あはっ、あははははは！」

メノウが笑った。モモが目を丸くする。サハラは気味の悪そうな表情を浮かべる。

二人の反応を受けても、メノウは目に涙を浮かべて笑った。

ここに来る前の自虐のための笑みではない。

弾けるような笑い声は、幼少から一緒にいるモモですら見たことない、若々しくて、歳相応《とし》の少女の笑い声だった。

胸のつかえが氷解していく。目的が組み変わる。先の見えない道が、一気に開けていく。

「あははっ、バッカね、私。最初から、あったのにね。そこに気づかなかったなんて、ほんと、バカ」

「せ、先輩？」

「ん？　ああ、うん。大丈夫よ」

目じりに浮いた涙を指でぬぐう。

目が覚めた。

まず、モモの存在を感じる。次に自分の中にあるアカリとの記憶を思い出す。

答えなんて、最初から自分の中にあった。自分にしかできないことで、アカリとならばできると証明されていることがあった。

メノウの全身に血液がめぐる。自分の心臓の音を、久しぶりに自覚した。

「ありがとう、モモ」

「お礼なんてー！」

「……本当に、いらないと思う」

ぼそりとした呟《つぶや》きに、モモが笑顔のまま無言で手近にあった椅子をサハラにぶん投げた。

サハラは突然の強襲にぎょっとしつつ、義腕ではねのける。

木製の粗末な椅子が砕け散った。修道院の備品がばらばらになりサハラの雰囲気が険悪になるも、モモは何事もなかったかのように問いかける。

「それで、どうしますかー」

「そうね」

窓の外を見る。

日が落ちた空には、星がちりばめられている。

導師《マスター》に負けて、数刻。状況はなに一つ好転していない。

それでも、自分の先が見えた。自然と笑みが浮かぶ。前に進む活力が生まれていた。

自分が歩んできた、赤い道。いま立っている場所から、どう動けばいいかの答えは出ていない。けれども先にあるはずの道に踏み入る勇気を得るための方法が見えていた。

「もう一回、アカリに会いに行くわ。モモ。手伝ってくれる？」

「あったりまえじゃないですか」

間もおかずに、きっぱりと断言した。

どうしてここまで自分なんかに付いて来てくれるのか。後輩からの親愛がくすぐったく、嬉しくなる。

「サハラはどうするの？」

「帰るし」

どこに帰る気だ。

むちゃくちゃな発言に、あきれた視線を向ける。サハラはメノウの視線から逃れるためにか、体育座りの姿勢で膝に顔をうずめた。メノウを助けたことを今更になって後悔しているのだ。

「サハラ。アカリのこと、どう思っている」

「……いい子よね、アカリちゃんは。そこの暴力装置と違って」

「じゃ、協力して」

「はぁ!?」

驚きの声とともにサハラが顔を上げるが、スルー。強制的に巻き込むことを決定する。

今度はモモに視線を投げかける。

「あんまり、聞けなかったんだけどね」

「はいー?」

「モモとアカリ、仲よくなれた?」

「ぜんぜんです。これっぽっちもです」

「あら、私のこと置いて一緒に旅をしたのに?」

「ぜん、ぜんッ、です!」

二度続けてのきっぱりとした返答だ。強すぎる否定に、くすりと笑みがこぼれる。そうか、仲よくなったんだと不思議と納得できた。

アカリは、そういう子だ。

共感性が高く、人懐《ひとなつ》っこい彼女と一緒にいれば楽しい。ついついアカリの人柄に引き込まれてしまう。

「じゃ、これからもっと一緒にいられたらいいわね」

「……えぇ？　普通に邪魔ですぅ」

「そいつの千倍、アカリちゃんはいい子よね。私、アカリちゃん派だわ」

「やかましいです！　ていうか、お前は誰なんですかー！」

「え？　モモ、サハラのこと覚えてないの？」

喧々諤々、導師《マスター》が統括していた修道院で過ごした三人で会話をする。ほんのささやかで、小さな同窓会だ。

でも、足りないものがある。

だからメノウは、まずはそれを取り戻さなければならない。

アカリが知っていて、メノウが知らないもの。

またメノウが歩き出すために必要なことが、見えた。

「あの聖地――消し去ってやりましょう」

「メノウがバグった」

サハラが信じられないものを見る視線をメノウに向ける。モモも目を丸くしている。

「しかたないじゃない、必要だもの」

世界最大の結界都市。

まずは、それが隠しているものを全部むき出しにしてやる必要があった。

「導師《マスター》と戦うかどうかは、それから決めるわ」

メノウはいまだ、導師《マスター》の死にざまが想像できなかった。

導師《マスター》は強いから。殺せるイメージが湧かないほどに手練手管《てれんてくだ》があるから。

本当に、それだけだったか。

導師《マスター》を大きく見る心が、中途半端に逃げ道をつくっていなかっただろうか。勝てないんだから殺せないという甘えが心になかったか。

「導師《マスター》と戦うとしたら……殺せますか？」

モモが不安そうに問いかける。

「なんで、殺せないかもって思うの？」

「だって、先輩にとって導師《マスター》って……」

モモがためらいながら言葉を切って、意を決してつなげる。

「……あのおっぱい女より、特別な人じゃないですか」

当たり前に指摘された言葉に、口元が微苦笑で彩《いろど》られた。

モモは、きっとメノウよりもわかっていた。自分にとって特別な人だから、メノウは導師《マスター》を殺せなかった。そんな当たり前の人の心がメノウにもあるんだってことを、モモは知っていた。

実力ではなく、導師《マスター》の底知れなさでもなく、罠だと思っていたわけでもない。メノウにとって導師《マスター》『陽炎《フレア》』は親と同じ特別な人だから殺せなかった。

メノウの弱さをモモはずっと知っていた。

メノウは、自分の心も知らなかった。

「バカよね、私」

「先輩がバカなんてこと、ありえませんー！」

「ううん。バカなのよ、私」

本当に自分なんかにはもったいないほどによくできた後輩だ。メノウ自身よりも、メノウの心をよくわかっている。

メノウはずっと、メノウ自身のことがわからなかった。

「大丈夫よ」

メノウは断言する。

自分はまだ前に進める。自分の中にないものを知れば、得ることができる。

「私は清くもないし、強くもないし、正しくもない」

あの人になりたいと願ったのならば、メノウは誰だって殺せなければならない。

でも結局メノウは『陽炎《フレア》』にはなれなかった出来損ないだ。

「そんな、悪い奴だもの」

メノウは目を細めた。

何度挫折しようと、自分に失望しようと、立ち上がれ。教えを破って、自分が歩んできた道のその先に行くために。

自分を育ててくれた恩を仇で返そう。愛を語りながら、臆病で卑劣で卑怯で卑猥な手段を駆使しよう。正義のためでも、教義のためでも、平和のためでもなく——ただ、自分のために。

まず殺すべきは、他の誰でもない過去の自分だった。

処刑人でなくてはならないと自縄自縛で自分と他人の関係を決めた自分。

貫いてきた自分の生き方にいまだ拘泥している自分を殺せば、次がある。

世界のためでも平和のためでもなく、自分が悪人になるためのなんの慰めもない人殺しを始めよう。

いつか自分が死ぬまで心にこびりつく、最低最悪の人殺しをする。

自分が求めるための、自分勝手な人殺しをして。

生きる道を見つける明日を、始めるのだ。

五章

塩の大地

夜が明けた。

襲来にあった聖地は、平穏を取り戻しつつあった。魔物の掃討《そうとう》は滞りなく終わり、聖地にいる神官の多くは魔物の死体を片づけることに時間を費やしていた。目下の課題は、外にある巨大な死骸の片づけだ。これほどの魔物を倒すとはさすがは大司教と称賛しながらも、下手すれば聖地よりも巨大な死骸をどうするべきかと苦慮していた。

さらに問題なのは、聖地を覆《おお》う霧だ。いま聖地に靄《もや》をかけているのは、朝霧ではない。いまだ外に居座る不死の怪物、南の『霧魔殿《パンデモニウム》』の結界が、聖地の結界の効果を大きく減じさせてしまっている。これればかりは霧自体が収まるのを待つしかないが、終わりが見えない。

白く広がる霧の中、おろおろと聖地をさまよっている眼鏡《めがね》の神官がいた。

フーズヤードである。

大聖堂の駅舎にこもるのが常な彼女がなにをしているのかといえば、モモを探しているのだ。

昨日までさかのぼるが、同じく外に迎撃に行ったエルカミにモモの現状を聞いたら『シャワーを浴びてくるそうだ』とか、訳のわからない理由を告げられた。

モモと教典の同調作業を行っていなかったために、通信魔導での連絡ができない。そうすると、フーズヤードが大聖堂の外で待っていなければモモは戻ることができない。

だから彼女は着物の少女を大聖堂へと転移させてからも、自身は外で待機していた。

そして、一夜があけてしまった。

日が沈んだ時点で明らかにシャワーの問題ではないことはわかっていたのだが、そのうちに戻ってくるだろうとずるずる引き伸ばし、結果として半日近く行方《ゆくえ》不明のままだ。

いくらなんでもこれは、とフーズヤードは寝不足の体に鞭を打ってモモの所在を探し始めた。

魔物との戦闘でなにかあったのか。それとも単純にさぼっているだけなのか。モモの性格からして後者の可能性が高そうだが、確かめてもいないことを断定するのは危険だ。

今回の騒動では巡礼者のみならず神官の中にも若干名、死傷者や行方不明者が出ている。もしかしたらモモも被害者の一人になってしまっているのではという可能性に思考が至って、半泣きで聖地をうろついていた時だ。

「フーズヤードさん！」

モモの声が聞こえた。

基本は白服の神官服とはいえ、改造したふりふりのスカートとハートの連なった尻尾マークのある黒タイツはよくよく目立つ。探していた本人が現れたことに、無断の遅刻を咎《とが》めることも忘れて喜びの声を上げる。

「モモちゃんさん！」

「はーい。モモですぅ」

フーズヤードが知るよりも返答の声が一オクターブ高かった。

いつもより耳に響く高音に、駆け寄ったフーズヤードの眼鏡がずるりと鼻からずり落ちる。

「ど、どうしたの、やたらと元気がいいけど、なにかあった？」

「え？」

モモがきょとんと目を丸くする。なにを指摘されたのかわからないといわんばかりの顔だ。

「なんのことですかぁ？　モモはいつもこんな感じですぅ！」

「そ、そうかな？　いや、確かにそう言われればそうな気もするけど……そうかなぁ？」

「もっちろんですー。なにがおかしいんですかぁ？」

フーズヤードは、いつも通りだと主張するモモをまじまじと見る。

本気で自覚がなさそうな態度をとっているが、やはり変だ。具体的には、いつもより口調がきゃぴきゃぴしているし、仕草も必要以上にかわいこぶっている雰囲気がある。初対面の時から垂れ流しになっていた不遜《ふそん》さと不真面目《まじめ》な態度が見当たらない。いまのモモは、まるで大好きな先輩に好かれたくてしかたがない後輩の態度をとっている。

あまりの変わり身に、心配するよりも不気味さが先立った。

「なにも……おかしくないよね？」

「もっちろんですぅ！」

返答はとびきり愛らしいモモの笑顔だった。ドストレートの笑みは、絶賛寝不足のフーズヤードの不信感を貫通してずきゅんとハートに突き刺さった。

人懐《ひとなつ》っこくて天真爛漫《てんしんらんまん》で、かわいらしくフランクな雰囲気。フーズヤードが思い描いていた理想の後輩に近いのがいまのモモだ。

「だね！ これが普通だよね！」

反抗的なモモより、こっちのモモのほうがいい。ふって湧いた理想の後輩の登場に、フーズヤードは短期間でのモモの変化を歓迎した。

「大聖堂に戻ろっかぁ！ 後処理の仕事が多いみたいだから、やることはいっぱいあるよ！ 一緒にがんばろー！」

「はぁーい、モモにお任せですー！」

ここ最近で一番の笑顔になったフーズヤードは、モモと連れ立って大聖堂に入った。

「それじゃ、しつれいしまーす」

避難していた修道女や巡礼者の介抱など、もろもろの雑務を手伝い、伝令を請け負ったモモは大聖堂にある駅舎を出る。

フーズヤードに任された書類を持って数歩、周囲に誰《だれ》もいないことを確認して力を抜いた。

モモの周囲の空間が歪《ゆが》む。髪の色から服装、身長すら変化して現れたのはメノウの姿だ。

「とりあえずは、成功ね」

メノウはふわりとポニーテールを揺らして歩き出す。

モモに化けて、フーズヤードに付いていくことで大聖堂に入ることに成功したのだ。

例によってモモとは別行動だ。信頼する後輩にはすでに別の仕事を頼んでいる。

大聖堂への再侵入に関しては基本的にうまくいったのだが、腑《ふ》に落ちないことがある。

「なんで最初の時に疑われたのかしら……」

モモに化けての一言目からフーズヤードに違和感を指摘された時は、まさか初手から失敗かと心臓が凍り付いたものだ。

メノウはモモの直属の上官である。そうでなくとも同じ修道院育ち。メノウは完全にモモの言動を把握していると自負している。先ほどまでの演技も、仕草から声色までこれまでにない精度で化けられていたはずだ。

その割にはテンションが高いだの一人称が変だのと怪しまれた。

そんなことはない。完全無欠にいつも通りのモモだったはずだ。メノウがよく知る後輩の愛らしさまで完璧《かんぺき》に演技しきった自信があった。

「私の油断……いや、さすが大聖堂入りした神官ってことかしら」

さすがにモモの先輩としての期間と厚みでは負けていないはず。見くびって油断したつもりはなかったが、フーズヤードの眼鏡は伊達ではないらしい。非常に鋭いと感心しながら、カガルマのいる部屋を目指す。

まっすぐ伸びた身廊の入り口近くから、脇にある南塔の階段を登る。

稀《まれ》に来訪する【使徒《エルダー》】のために用意された部屋。前日までメノウも滞在していた場所だ。迷いのない足取りで向かう。大聖堂の内部に人が少ないことはわかっているため、障害なくたどり着いた。

ノックもなしに、遠慮なく扉を開けて入室する。

「あら、メノウさん」

突然の訪問にも、中にいる面々はまったく驚いた様子がない。立ち上がってメノウを迎え入れたのは着物姿の少女、マノンだ。メノウが逃亡したのと入れ替わりで侵入し、カガルマの付き添いになった彼女は扉を開けたメノウのもとに近づき、雅な仕草で両手を合わせて歓迎の意を表した。

「ようこそ、いらっしゃってくださって嬉《うれ》しいです！　『盟主』さまと二人きりという状況が、もう息がつまって仕方がなくて！　用事も済みましたし、早々に帰ろうと思って列車を用意してもらっていたんです」

「そうなの。都合がいいわ」

「はい？」

メノウが大聖堂まで戻ってきた目的の一つに、魔導列車があった。

聖地という魔導結界を消すにあたって、どうしても必要になる要素だった。ともすればフーズヤードを脅す算段もつけていたが、使用資格がある人間の協力が取り付けられるならそれに越したことはない。

「ねえ、マノン。あなたと取引がしたいの。話、いいかしら」

「取引、ですか」

マノンの笑みの質が変わる。

つつと一歩、後ろに下がる。護身用具の鉄扇を取り出して、口元を隠す。

「さて、わたくしがメノウさんに差し出せるものがありますでしょうか」

「ええ、あるわ」

マノンが頼めば『盟主』は断らない。それは大きな魅力だ。

「では逆に、メノウさんがわたくしに差し出すものはなんですか?」

「大聖堂の内陣の奥にあるもの」

ぴくりとマノンの眉《まゆ》が動いた。

さんざんマノンが言及し続けていたものだ。彼女が知らないはずがないとは思っていたが、案の定である。

「あなたは、最初からそれを探しに聖地に来たんでしょう?」

「……ええ。否定する意味もありませんね。メノウさんの予想通りです」

やはりマノンは自分の目的に沿うものに見当をつけている。さすがに現状では手出しができないと判断して、聖地を去ろうとしていたのだ。

聖地の中心部。つまり、いまメノウたちがいる大聖堂に覆われた、強固に守られている場所。大陸各地への転移の要である『龍門』よりも、さらに厳格に管理され、物理的、魔導的な出入り口すら存在しない閉ざされた内陣区画。

「記憶の蒐集《しゅうしゅう》装置であり保管庫にして補給装置。聖地が守っているものの正体が、古代遺物『星の記憶』です」

マノンは、それを求めてきた。メノウは名称までは知らなかったが、異世界人の記憶を供給するものがあることは、ほかならぬマノンから聞いていた。

記憶の欠落がないマノンがそこを求めている理由は、おそらく『万魔殿《パンデモニウム》』のためだ。彼女の力をさらに広げようというのか、もしくは――もっと、情動的な理由なのかもしれない。

「けれども、『星の記憶』を取引に使おうとは、おかしなことですね。メノウさんが自由にできるものではありませんよ?」

「そうね。でもね、マノン」

『星の記憶』は完全に秘匿《ひとく》された場所だ。フーズヤードが住まいとしている駅舎のさらに奥。大聖堂の内陣の奥に存在している。大司教が秘匿に全力を尽くしているようなものだ。メノウには手も触れられないというマノンの疑惑を肯定する。

だが。

「大聖堂ごと、結界都市である聖地を消し飛ばせる方法があるとしたら、どう？」

「……それは、それは」

マノンの目が、きらりと光った。

聖地の消失。それはマノンが万魔殿《パンデモニウム》の小指と協力しても不可能だと判断したことだ。大陸屈指の地脈から膨大な導力を供給されている結界都市を崩す方法は思いつかず、かろうじて霧の結界を流入させることで魔物の侵入という点で効果を無効化しただけにとどまった。

入り口で立ち話をしていたマノンが、鉄扇で室内にあるソファーを示す。

「どうぞ、メノウさん。長いお話になるかと思いますので、お座りになってお話を続けてください」

聖地直通の魔導列車の運行を管理するのは、フーズヤードの仕事の一つである。

プラットホームにつながる『龍門』と導力路の調整については、やれることは一切《いっさい》ない。千年前の古代文明の叡智《えいち》であり、フーズヤードも胸をときめかせてやまない地脈という名の導力路を潜航する導力列車システムは手の出しようもなく完成されている。

どちらもが目的地さえ定めれば、ほとんど自律稼働する高度な魔導具だ。余計な手を出さないのが一番なのだが、万が一にも問題がないように卓越した儀式魔導者の監督が望ましいということで立ち会っていた。

「今回は世話になったね、フーズヤード君」

「いえいえ、お気になさらず。もうそろそろ発車しますから、どうぞ」

今回もまた、やることもなく帰路に就くというカガルマを見送った。一緒に来たマノンという少女に関しても、先に列車に乗っていることは確認している。

列車が出発する。導力光を噴き上げて起動した列車はレールを進み、直径十メートルほどの『龍門』に吸い込まれるようにして消えて行った。

一仕事、終了である。フーズヤードが、ぐうっと伸びをした時だった。

激震が、フーズヤードを襲った。

「うわぁおぅ⁉」

地面が、激しく振動した。バランスを崩したフーズヤードは躓《つまず》きそうになって、慌てて踏ん張る。

地震か。とっさにそう思って、勘違いに気がつく。即座に異常を察知できたのは、彼女が龍脈の在り方に敏感だったからだ。

地脈が、荒れている。それも、いままでになく。

「う、嘘……⁉　まさか、さっきの導力列車が⁉」

思った以上の深刻な事態を前にして、フーズヤードは青ざめた。

「導力列車が地脈の中で爆発した⁉」

フーズヤードからその報告を受けた時、大司教であるエルカミはそう叫んだきりしばし絶句した。

聖地につながる地脈は、大陸各地に行き渡る流れの根幹ともいえる大動脈である。流れる導力の強さは、おいそれと人の手に負えるものではない。高位の神官が十人揃おうと、おこぼれのようにわずかな力を引き出せるだけだろう。

それが、噴火でもするかのように【力】をまき散らしている。

異常事態の原因を聞いたエルカミは自失状態から、わなわなと全身を震わせてすさまじい怒声を張り上げる。

「このバカ者が！　なにがどうして、そんなことが起こった！」

「そ、それが……」

エルカミの罵声を受けたフーズヤードは、紫色になった唇を必死にこじ開けて、説明する。

カガルマが帰路に就くために申請した、地脈を潜航する魔導列車。それが暴走した。外部からの干渉は難しい地脈だが、内側から暴発させられてはひとたまりもない。考え得る限り、地脈に直接ダメージを与えるもっとも効率的な手段だ。

「し、失敗は、していないんです。なのにぃ――」

「バカ者が！　言い訳などいらんッ。このままだと、どうなる」

「ひぅっ！　た、たぶんですが、『竜害』が起こります。聖地の維持にも、少なからぬ影響が、でる、かと……」

報告をしながら、そろりとエルカミの顔を確認する。フーズヤードは自分の上司の顔色を見て、後悔した。

エルカミの顔が怒りで真っ赤《まっか》になっていた。

怒髪天を突かんばかりとは、まさしくいまのエルカミのためにある言葉だ。貴重な魔導列車の喪失。聖地の維持すら危うくする、地脈の暴走。『竜害』に発展しつつある現状。どれか一つでも、激怒するには余りある。

放置はできない。聖地の維持には、少なからず地脈の大動脈の恩恵を受けている。その流れを途絶えさせてしまえば、聖地そのものが揺らぐ。修復に向かわなければならなかった。表情は怒りで険しくなっていたが、事態を挽回する手立てを探っていた。

「……地脈の修復に向かうぞ。急務だ」

「ど、どれだけの人員を付けていただけるのでしょうか……？」

「聖地にいる人間は神官、巡礼者問わずに避難させる。導師《マスター》『陽炎《フレア》』が統括する修道院墓地へ、一時的にだ」

「へ⁉」

フーズヤードが素っ頓狂な声を上げる。だがエルカミは本気だった。通信魔導で主要な神官へと連絡を送る。

「『陽炎《フレア》』には……連絡がつかんな。こんな時に、奴はどこに……！」

聖地が消える。それはもう、止めようもない。結界都市である聖地を維持するには、常に莫大な導力を必要とする。主要の地脈をひとつ分断されては、消失するのは時間の問題だった。ならば、その後に残るものを人目にさらすわけにはいかなかった。

いまエルカミとフーズヤードが立っている駅と転移の要である『龍門』しかり。ここより奥の内陣の奥にある、もう一つの施設『星の記憶』しかりだ。まずないとは思うが——さらにその奥にあるものまで出てきた日には、取り返しがつかない事態になる。

『主』の帰還を前にして、こんな事態が起きるとはと歯噛みをする。

出来るだけ速やかに、避難の名目で聖地の見えない場所まで退去させる必要がある。

「で、では地脈の対処は……先ほども言いましたが、下手をすれば『竜害』になるので——」

「私と、お前でやる他あるまい」

「二人だけで⁉」

「くどいッ。なにをぼやぼやしているか！　早く対策を立てろっ。龍脈に関する時だけは役に立てるだろうが、愚図が！」

「はいぃ……」

無理難題にフーズヤードは、だーっと滂沱《ぼうだ》の涙を流しながら、まずは地脈の状態を知るために外へ向かう。

この時点で二人とも、失念していることがあった。

教典の通信。そこから生じる指示系統からは避難指示が届かない人間が一人いることを。

聖地の施設群が薄まり、にわかに騒ぎが広がっていく中、トキトウ・アカリは大聖堂に取り残された。


「こんなこと考えるとかメノウって、あたおかだわ」

「なんですか、あたおかって」

「頭くるくるおかしなやつの略」

聖地から離れた田園地帯。間欠泉のように地面から激しく導力光が噴きあがっているのを眺めながら二人の少女が切迫した状況にあるまじきのんきな会話をしていた。

メノウが考案した地脈の暴走のさせ方は、至極シンプルなものだった。モモが地脈に干渉して、小規模な導力の間欠泉をつくり出す。かつてグリザリカで戦った時に地脈を捻《ね》じ曲げた魔導を行使したのだ。

これだけでは大した現象にならない。今回モモが干渉した地脈は、かつてのものとは規模が違う。モモの膨大な導力をもってしても、わずかに流れを歪めるのが限界だった。

だがモモが歪めた流れに、導力体となって地脈の流れに乗る魔導列車を通せばどうなるか。

その結果が、御覧の通りである。線路を捻じ曲げられた列車と同じだ。地脈という線路から脱線した導力列車は周囲を巻き込んで完全に暴走し、地面から飛び出し破裂した。貴重で替えの利かない古代遺物の残骸《ざんがい》は、大穴が開いた地面に散らばっている。

「あれ、『盟主』が乗ってたんでしょ。死んだんじゃない？」

「死んでるといいですね。大聖堂に来てからずっと先輩と同室だったんですよ、あのおっさん」

「は？　なにそれ。死刑確定じゃない」

「ですよね」

「それよりマノンは乗ってなかったわよね。あの子が巻き込まれていたら、『万魔殿《パンデモニウム》』の反応が怖いのよ」

「どーでもいいじゃないですか。犯罪者なんですから、死んだほうが世界のためですよ」

「ていうか、モモ」

「なんですか」

「これ、『竜』にならない？」

「……」

モモは無言で空を見上げる。

地面に開いた大穴より、轟々と吹き出す風に大気が巻き込まれて渦巻いている。導力の波動に大地が軋《きし》み、大気は逆巻き、世界が悲鳴を上げている。周囲に無作為にまき散らされていた導力の脈が、徐々に力強くまとまってきた。

穴を穿たれた地脈から大きく大きく吹きあがる導力光が、天とつながった。

天脈と地脈――その二つを合わせて『龍脈』と呼ばれている。魔導行使者の制御なく、この二つがつながった時にどうなるか。

どくん、と世界が波打つ。無論、錯覚だ。世界のすべてが波打ったと勘違いするほどの導力の波動がまき散らされたのである。

無秩序だった導力の暴走に、指針ができてしまった。膨大な導力の収れんにより、天候が変化する。雲を巻き込み、土と砂を巻き上げ、本来ならば生命になりようもない無機物が天と地でつながった導力にまとわりつき、目に見える形をつくっていく。

あまりに大量の導力が吹きすさぶせいで、世界がそこに意志ある命が生まれたと錯覚しているのだ。

擬似生命現象は、徐々に徐々に広がっていき、エルカミが両断した巨大な魔物の死骸をも取りこんで糧にする。それでも一向に足りないと言わんばかりに、大地を削り取って巻き上げる。

導力が荒れくるい、周辺物質すべてを呑み込み続けて巨大化し続ける現象を、この世界では『竜害』と呼ぶ。

人知を超えた強烈な自然現象に、モモは目を細める。

「竜になりますね、これ」

「じゃ、私は今度こそ帰るから」

人災《ヒューマン・エラー》とならぶ世界最大級の災害を前にして、サハラは全力で逃げ出した。


湧き出る霧の中心地。

西の果てにある聖地と、南の果てにある『霧魔殿《パンデモニウム》』。本来ならばつながりようもないはずの場所をつなげているのは、幼気《いたいけ》な少女だ。エルカミとの戦闘後に封殺されたままの彼女の傍《そば》には、マノンがいた。カガルマと一緒に列車に乗ったのちに、彼女に召喚してもらうことで事故に巻き込まれることなく傍に参じたのだ。

マノンは万魔殿《パンデモニウム》を空中に縫い付けている釘を一つ一つ破壊しながら、蔓延していた霧すらも吹き飛ばす現象に目を向ける。

どこまでも貪欲に地脈をむさぼり生命に成ろうとする『竜』。

「さて、メノウさんは約束を守ってくださいましたね」

満足げに『竜害』の始まりを見つめるマノンをよそに、不満げな顔をしている子供がいた。

「まあ……」

時として一国を呑み込んで膨れることもある巨大な現象を見て、万魔殿《パンデモニウム》は珍しく悲哀を浮かべていた。

「あれが『竜』？　【龍】の名残にしたって、あんなに小さくなっちゃったのね。残念にもほどがあるわ」

「小さく、ですか」

「うん、とっても、とーっても。比べ物にならないくらい、小さいわ」

マノンは改めて遠くに見える『竜』を見る。天から地につながり、周旋して物質を巻き込んでいる。巨大な竜巻はやがて全容もつかめないハリケーンになって、なにもかもを呑み込むだろう。

「あれで、小さいんですか？」

「小さいわ」

天候を歪めるほどの現象を、小さいと評する。マノンに抱えられた万魔殿《パンデモニウム》は足をぶらつかせて、ちょこりんと唇を尖《とが》らせる。

「最大の純粋概念だった【龍】の成れの果てだなんて、ちっとも思えない。まったくもって小さいわ」

「それはそれは……本家本元の【龍】は、どれほどの大きさがあったのですか？」

「そうねえ。最大にして、最速最高の純粋概念だったあの人はね――」

ほっそりとした手を持ち上げ、ぴっと小指で空を指さす。

「——あれくらい、大きくなれたわ」

昼間に浮く白い月を示して、四大人災《ヒューマン・エラー》の一人は自慢げに言い切った。


聖地が、薄くなっていく。

魔導でできた結界都市に供給され続けている導力を、生まれたばかりの『竜』が食い尽くす。自らが成るために、周囲にあるものをあるだけむさぼり膨れ上がる。生まれたがっている。

地脈と天脈の流れのくびきから解放され、自由になろうともがき始める。

神官がことごとく避難する中で、メノウは聖地があった場所をゆっくりと歩いていた。

結界都市が消失したいま、様々な物品が散乱していた。建材こそ結界で構築されていたが、家具や日用品は普通のものだった。建物がなくなると同時に、それらが雪崩を打って落下した。まるで乱雑なゴミ捨て場の様相だ。

はっきりと意味ある形が残っているのは、どこにもつながっていない線路が続く駅。

もう一つはその奥にある、円柱状の一軒家だった。

記憶を蒐集して、保管し、供給する『星の記憶』の在り処。

大聖堂をシンボルとして信仰を集め続けた聖地は、いま見える二つの施設を守るためだけに張られた結界だった。

きっと特別な建物なのだろう。メノウは、ぽつんとそびえる家を見上げる。なぜこうまでして守ろうとしているのか、真相は知らない。一時的であれむき出しになった施設に対して、第一身分《ファウスト》の人間がなにを思うのか想像もできない。こんなものがと驚くかもしれないし、意外とすんなり受け入れるかもしれない。

どちらにしてもメノウの目的は、二つの施設にはなかった。

しばらく観察をしていたメノウは、駅のホームに上がる。メノウが大聖堂に来た時に降り立ったホームは、家具残骸が散らばる中で残っていた。そこに人影を見つけたのだ。

きっと聖地が消えていくとき、慌てて逃げ出したのだろう。彼女が閉じ込められた北塔からもっとも近い場所にたどり着いたのは必然だ。

アカリは所在なさげにむき出しになったプラットホームに立っていた。どこへもつながっていない線路だ。迷子になっているアカリに相応《ふさわ》しい。

歩いてくるメノウに気がついた。アカリの顔がこわばる。メノウは構わず微笑んだ。

「ちゃんと追いついて来たわよ、アカリ」

「メノウ、ちゃん」

アカリが顔を上げた。気まずげな表情だ。きっとアカリは、メノウと違って気持ちの整理がついていない。この状態ならば、舌戦での有利は容易くとれる。メノウは表には出さず、内心で意地の悪い笑みを浮かべる。

「な、なんか全部が消えちゃったんだけど、これ、メノウちゃんの仕業《しわざ》？」

「ええ、そうよ。アカリに会うために、聖地を消しちゃいました」

メノウは後ろで手を組んで、おとがいを持ち上げる。アカリと出会ったばかりの頃の演技にも似た茶目っ気を込めて言ってやる。

「どう？　嬉しい？」

「嬉しいわけないでしょ！」

返事は、怒鳴り声だった。アカリが顔を赤くして、なんてことをしてくれたんだといきり立つ。目に涙すら浮かべて、怒りをむき出しにする。

「聖地って、大事なところなんでしょ！　こんなことまでやっちゃって、メノウちゃん、どうするつもりなの⁉」

聖地の被害を憂いているわけではない。聖地を消すなんてことをしてしまったメノウの今後の人生をどうするんだと訴えていた。

アカリの感情を受け取って、メノウは軽く肩をすくめた。

「さあ？　どうにかなるわよ」

竜害は大司教とフーズヤードが止めてくれる。地脈が落ち着きを取り戻せば、聖地は再構成されるだろう。建築物消失の影響で散らばってしまった家具諸々はどうしようもないが、そこは目をつぶってもらうほかない。

致命的なことは起こっていない。

なにより、こうしてまたアカリと会えた。メノウは自分の目的を達成している。

「ね、アカリ」

メノウは手を差し出す。

「私はね、自分の道の答えを見つけに来たの」

「こた、え……？」

「ええ。だってね、アカリ。いまから、すっごく情けないことを言うけど」

一呼吸ためて、大げさな仕草で両手を広げる。

「いまの私は、自分がどうしたいのか、わからないの」

アカリが目を丸くした。まさかメノウがそんなことを言うだなんて、露ほども考慮していなかったのだ。

「メノウちゃんは、えと……わたしを、殺しに来たんじゃなかったの？」

「最初はそのつもりだったわ」

彼女の驚きを見ながら、メノウははっきりと告げる。最初はアカリを殺しに来たはずだった。

「でもね、いまの私、人を殺せないのよ。だからどうするべきかっていう道が見えていないの」

アカリを殺しに来た途上で、メノウは導師《マスター》に敗北した。導師《マスター》を殺しそこねた時に砕け散った自分の道、失った意義を、まだメノウは取り戻していない。

アカリが困ったように首を傾げる。消えた聖地。ガラクタの積みあがる周囲を見渡して、またメノウに視線を戻す。

「こんなことをしたのに?」

「こんなことをしたのに」

アカリの困惑に、小気味よく頷く。

「アカリを殺すのか、殺さないのか。自分が生きたいのか、死にたいのか。ぜんぜん答えが出てないの。導師《マスター》との勝負でね、全部が全部、砕けてなくなったのよ。私がどうするか、歩くべき道が、私自身の中からなくなったの。……アカリはどう思う?」

「わ、わたしの結論は変わらないから! メノウちゃんが危なくなるくらいなら、わたしはメノウちゃんに殺してもらったほうがいい! そうじゃなくとも、メノウちゃんに生きてほしい」

アカリの主張は、最初から変わらないものだった。

「メノウちゃんが決められないって言うなら、わたしが決める! すぐに、逃げてよ。モモちゃんを連れてさ、生きるために逃げてよ……」

「うーん」

少し思案の合間を入れたメノウが、どきりとするほどまっすぐにアカリを見つめる。

「勘違いしないで欲しいんだけどね、アカリ。あんたがやっていることって、行き詰まってるわよ? 結果だけ見てほしいんだけど……アカリが勝手に時間を巻き戻して、一人でループを何度も繰り返して、それで改善されたことはあるの？」

アカリの顔面が蒼白になる。

言われずとも、わかっていたことだ。導師《マスター》『陽炎《フレア》』にはなぜかループ時の記憶がある。霧の結界が軋んで『万魔殿《パンデモニウム》』の小指が逃げ出した。アカリは自分の記憶を失い続け、自分が誰なのかという確信すら揺らいでいる。

振り出しに戻しても、事態は好転していない。繰り返せば繰り返すほど、悪くなるばかりだ。

「自分で自分をごまかし続けるつもり？　そうだったからっていう結果ばっかり見て、周りを見ないで」

ちょっと前までのメノウみたいに、突っ走って。

「そんな自己満足で、私を救うのは無理よ」

メノウに諭されたアカリの目に怒りが宿る。

「じゃあ、どうすればいいの⁉」

精神のタガが外れ、魂から生成された導力が全身からあふれでる。感情のままにむき出しになった【力】は、遠く吹き荒れる『竜』に劣らぬほどの深さがある。

「わたし、バカだからわかんないよ！　だからわたしは、わたしがしたいようにしてるの！　わたしが死んで、メノウちゃんが生きるならそれでいいって、わたしはメノウちゃんを殺してまで生きたくなんてないもん！」

アカリが叫んだ。子供が駄々をこねるように、自分の欲求を声に出す。

メノウは、それをすべて真正面から受け止める。

「メノウちゃんと一緒に生きていけたら、それでいいに決まってるじゃん！　それ以上なんて、あるわけがない幸せだよっ。でも、できないんだよぉ！　メノウちゃんが、どうやっても死んじゃうっ。わたしが生きていたらダメだって、なんでわかってくれないの⁉」

メノウの死は、アカリにこびりつくトラウマだ。

自分のせいで、大切な人が死ぬ。それがどれだけ彼女の心を傷つけ続けたのか。

「お願いだから、わかってよ！」

アカリの感情の嵐を、メノウは残らず受け取った。

受け止めて、やっぱり自分がアカリにこだわっていることを自覚する。モモほど長い付き合いではない。導師《マスター》ほどに特別な関係でもない。それでもメノウはアカリに惹かれるなにかを感じていた。

だからメノウが手を差し出す。

「わかってよって言うのなら、わからせてみなさいよ」

聖地を消し去ってまで邪魔者を追い払って、二人きりになった甲斐があった。

メノウには言葉で聞くよりも踏み込んでアカリのことを理解する方法がある。

「アカリ。いまからあなたと、導力接続をするわ」

「え？」

なぜ突然という困惑を無視して、メノウはアカリの手を取る。

「最初に言ったでしょう？　私は、自分の答えを見つけに来たのよ」

導力の相互接続。主にメノウがアカリの膨大な導力を引き出して魔導の威力を増強させるため、幾度となく行ってきた。だが本質的には導力の相互接続は、肉体と精神を通して魂に触れる行為である。

そこには人間を構成する感情、記憶、人格がダイレクトに存在する。

「アカリが繰り返した時間で、なにを見て、なにを感じて、なにを思ったのか。それを全部、導力接続を通して、私に感じさせてみなさい。私は、その時のアカリになる。あなたの感情を全部、受け取る。その時にいまのアカリと私が出す道の答えが一致すれば、言われた通りに逃げるわ」

「……わかった」

アカリの目が据わる。

繰り返して来た自分の経験。時間の積み重ねがどれだけの絶望だったのか知れば、メノウも諦める。自分を助けるという行為が、どれだけの徒労なのかが理解できるはずだという確信があった。

「じゃあ、行くわよ」

「うん」

つないだ手から、メノウは導力を流した。

慎重に、細やかに、二人の人間が一人になるような滑らかさで。本来ならばあるべき抵抗は、ほとんどない。魂と精神をゆだねるアカリの信頼は、この段になっても揺るがない。

『導力：接続――』

メノウがアカリの魂に深く踏み込んだのは、一度だけ。大司教オーウェルとの戦いで決着の一撃となった魔導を放った時のみだ。そのほかは、あくまで精神の表面をなぞるようにして、【力】の上澄みを掬《すく》い取っていた。

今回は、かつてないほどに深くアカリの魂に踏み込む覚悟はできていた。

『トキトウ・アカリ――肉体・精神・魂――』

魂から生成される導力を利用するためではない。導力からつながる魂へと触れるためにメノウは、アカリの中に踏み入った。

アカリの魂には、かつてと変わらずぞっとするほど膨大な【力】があった。本来ならば人の身に宿るはずのない、星の概念としてあるべき、なにか。無限の宇宙に等しい【力】は、かつての自分が恐れた場所だ。

メノウは落ち着いた精神のまま、歩み寄る。精神だけではない。自分の魂をアカリの肉体に移し替えるほどの導力接続で、アカリの中に入り込む。

この時、不思議なことに【時】の純粋概念はメノウを受け入れた。

本質に触れる。支配するでも浸食するでもなく、ただ、そこにある。悪意も善意もない。海が波で荒れるように、黒雲に雷雨がほとばしるように、人間の事情など斟酌せずに理に従って存在するのが純粋概念だった。

【時】を踏破したメノウは、アカリ本来の魂にたどり着いた。小さく丸まっている彼女に、メノウはそっと手を触れる。アカリのいまが伝わってくる。

アカリの優しい心があった。アカリの感じた恐怖があった。どれほど心細かったのか、叫びだしたいほどの情動が混在していた。

メノウは微笑しながら、さらに奥へと触れる。いまから過去の記憶へ、知識としての記憶からその時の感情に、いまのアカリをつくったすべてを受け取る。

メノウはアカリが繰り返した時間の旅を、追体験していく。

はじめてメノウに出会った時の戸惑いと警戒心、一緒に旅をして徐々にほぐされていく心、笑顔が多くなり、別れが惜しくなり——そしてメノウが導師《マスター》に殺された慟哭と、知らされた真実に付随する混乱、時間を繰り返してメノウと再び出会った喜び、警戒されて理解されない悲しみと孤独、一人で運命を変えるという決意。

繰り返された時間軸の中でアカリの感情がメノウの魂を埋めていく。

自分の魂を合わせるかのように導力を注ぐ。人格が溶け合うような導力接続。

メノウは自分という意識を失くして、アカリの視点で、自分を見る。

アカリが見る自分はいつも頼もしくて、間違った行動なんてしなくて、迷わず決断するメノウだった。いつも果敢に危機に飛び込んで、アカリの窮地にいつだって助けに来てくれるメノウがいた。まさしくアカリのヒーローのメノウがいた。

そんなメノウですら、導師《マスター》『陽炎《フレア》』には敵わない。

メノウが死ぬ。何度も殺される。再会の喜びからの死別の悲しみ。孤独と絶望の繰り返し。

言葉にならない感情の落差のループ。メノウはどうしようもなく、アカリの心を理解した。メノウに生きてほしいという切望に共感した。

どうしようもない。

アカリが繰り返してきた旅路は、どうしようもなく行き詰まった時間の檻だった。

メノウの精神が、アカリから分離する。完全に同調した心は、異世界に来てからのアカリの気持ちを十全に理解していた。

アカリは、メノウの道に答えを出していた。

生きてほしい。

友達で、親友で、誰よりも大切なメノウに、生きてほしい。

泣きたくなるほど切ない願い。純粋に祈る、儚い願い。自己犠牲をもって完遂しようとする、きらめく意思。アカリが願うメノウの生きる道が提示された。

これが、自分の答えなのか。

開けた道は正しく見えた。どうしようもなく導師《マスター》『陽炎《フレア》』に勝てない。だから、メノウが生きるために逃げる。どうせ、導師《マスター》に一度負けて処刑人としての信念は砕け散っている。

第一身分《ファウスト》の追っ手を振り切りながら逃げ続ける一生がふさわしいのかもしれない。

それも、いいのかもしれないと思ってアカリと手を離そうと指を動かして。

――でも、そこにはアカリがいない。

メノウは、踏みとどまった。

まだだ。まだ答えを得るのに、足りない。アカリの答えだけでは、メノウは足りていない。

だってメノウは、アカリが見たメノウほどに強くなんて、ないのだ。

メノウはアカリの両手を祈りの形で包み込む。突然の動きにアカリが戸惑った。メノウは構わずに彼女に顔を寄せて、

「メノウちゃ――いだぁ⁉」

頭突きの勢いで自分の額をアカリの額へとぶつけた。

困惑の声が悲鳴に変わる。メノウは再度、導力接続。アカリの魂に触れる。

さっきはメノウがアカリの人生を受け取った。

だから今度は、自分の人生をアカリの魂に注ぎ込んだ。

額と額の接触部分から、導力をつなげて流す。自分がアカリを理解するだけでは足りなかっ

た。自分がアカリの感情を受け取ったのだ。アカリにだって、メノウを理解してもらう。メノウがアカリの回帰した時間を見て答えを出しかけたように、アカリだってメノウの記憶を受け取れば違う答えを出すはずだ。

だからメノウも、いまの自分をアカリへとさらけ出す。アカリも知らない自分の人生。導師《マスター》に拾われてから続いた旅路。処刑人になるための修道院での訓練。モモとの出会い。処刑人になって、人を殺し続けた日々。まさしくメノウという人格の成り立ちを赤裸々に伝える。

そしてアカリと出会ってからの、最後の三ヶ月間の旅。

短くも穏やかで、きっと、メノウが一番多くの笑顔を浮かべた時間。

メノウとアカリ、二人の過ごした旅路が違う視点で展開されて、一つに再編成される。違うはずの人生が混じり合う。互いにまったく別々に歩いていた道が、一本になる。

アカリの中にも、メノウはいる。

メノウの中にも、アカリがいた。

二人が、互いの心を理解した。人を殺し続けたメノウの自罰的な心を、アカリの感情が溶かしていく。繰り返し続けたアカリの絶望に、メノウの理屈が答えを出す。

道は一つだとしても、一人で歩く必要なんてない。

隣に、誰かがいる。孤独に歩くことはない。孤立するよりも先に、まず、隣に声をかければいい。そうして初めて、二人の答えは一致した。

メノウが、目を開ける。額を突き合わせた姿勢は、思った以上にアカリの顔と近かった。つながっている。

導力接続が終わったはずなのに、お互いの魂に道ができている。細く、目には映らず、けれども確かに魂同士でつながる導力経路。感情が共鳴する。二人の人間に分かれているのが不思議なほどの一体感があった。

きっとこれは一時的なものだろう。それでもメノウは、かつてないほどにアカリのことを理解していた。同じように、アカリもメノウのことを理解している。いまの二人は、互いの人生を受け取って経験していた。

「まだ迷ってるの？」

「だって……」

「たった一度の人生でしょ。迷ってばっかりじゃ、後悔するわよ」

何度も繰り返して来たアカリの時間を見て知って、それでもメノウは言う。

「私は、生きるわ」

アカリが生きてほしいと願っている。自分は人を殺してきた。だから許されてはいけないという理屈を超えて、生きてほしいと願うアカリの感情がメノウを生かす。

「だからアカリ。あなたの答えだって一緒よ」

アカリがふくれっ面になる。自分が死ねばメノウを生かせるという感情が、メノウの理屈によって別の答えを得る。

「メノウちゃんは、ずるい……」

「ずるいわよ。悪い奴だもん、私は」

すまし顔で返答する。

いまここで答え合わせは一致した。だから、まずはやらねばならないことがある。

「あんたを殺せる方法を、ぶっ壊しに行かないとね」

『塩の剣』。

大陸を一つ、丸ごと塩と変えた必滅の剣。誰でも使える不死殺し。

それさえなくなれば、不死のアカリを殺せる手段はなくなるのだ。

やるべきことは多いが、まずは、そこだ。二人は同時に同じ場所へ視線を向ける。

いま二人が立つホーム、線路の先にある光の扉『龍門』。

そこにはフーズヤードが準備した塩の大地に続く導力路が用意されている。聖地とは関係なく独立した転移魔導陣は、しっかりと残っていた。

「行くわよ、アカリ」

「うん、メノウちゃん」

同じ思いを抱える二人が線路を歩き、遥か彼方への道を通り抜けた。

天空に投げ出されたのかと思った。

『龍門』を抜けた先。広がる光景に、メノウの平衡感覚がふらりと崩れた。

転送された場所は、空だった。

立つべき大地が見えないという錯覚に思わず尻《しり》もちをつきそうになって、自分が重力のもと二本足で大地を踏みしめている事実に我を取り戻す。

空の風景しか目に映らずとも、いまメノウたちがいるのは空ではない。

二人が立つ場所は、美しい鏡面の世界だった。

メノウが前に見た、白い白い世界とは違う。かつての導師《マスター》と訪れた時は、曇天だった空模様も含めて、無辺に白い塩の広がる世界はただひたすらに白くなっていた。

だが、いまは違う。

きっと、雨が降ったのだろう。

限りなく平面に近い塩の大地に、薄く、広く、水が湛《たた》えられていた。波が起こらないほど浅く塩の大地を覆った水面は、光を反射する天然の大きな大きな鏡となって広がっていた。

見渡す限り、地面に空が映っている。

地平線の境界がなくなり、天地の世界がつながっていた。青い空に、たなびく雲。空の動きに大地が応える。夕日になれば赤くなり、夜になれば星々が天地に飾られるのだろう。

「……きれい」

素直に、子供みたいな感想が出た。

言ってから、アカリみたいな感想だと口元がほころぶ。当の本人はどうだ、と見てみれば、言葉もない様子だった。

「す」

「す？」

「すっごい！」

大歓声だった。

足元の水をバシャバシャさせながら駆けだす。それこそ本当に子供のように大はしゃぎで両手を広げて振り返る。

「見てみて、メノウちゃん！　ほんっとうに、すっごいきれい！」

アカリの喜びが、導力接続により二人の間でつながった魂の経路を通じてメノウへとダイレクトに伝わってくる。

微笑みながら、メノウは改めて視界を巡らす。

空も海もない世界は、絶景にふさわしい。この景色を守るために第一身分《ファウスト》が管理しているのだといえば、ほとんどすべての人は納得するだろう。静謐《せいひつ》な世界は、多くの労力を注《そそ》いでも守るだけの価値があると思わせるものだった。

一歩、足を進める。

鏡面に、波紋が広がる。メノウの歩みに呼応して水面が波立つ。前に進むメノウより、少し先へとさざ波が広がる。

かつての大陸だった、塩の大地。水を湛えた天空の鏡の世界は、これから死闘が繰り広げられる場所と思えないほど、ただただ美しい。

いつまでも遊んでいるわけにはいかない。

「ほら、こっち」

アカリの袖をつかんで、移動を促す。

幼少の記憶を頼りに進んでいけば、懐かしい場所にたどり着いた。

そこにあったのは記憶通り、みすぼらしい剣だ。

つつけば崩れ落ちそうで、錆びた剣よりも頼りなく、実用性が皆無に見える。

『塩の剣』。

四大災害を討滅、封印せしめた【白】が生み出した清浄の権化。刃で切ったものを際限なく浸食して塩に変え続け、大陸を一つ、海に溶かしてしまった最悪の魔導兵器。

星だって滅ぼせる剣が視界に入る場所まで来た。

アカリが意を決して、足を踏み出そうとした。

「待って、アカリ」

メノウの制止に戸惑ったアカリの心が、導力路を通じて胸に伝わる。つながる経路を通して無言のまま理屈を流せばアカリは納得した。

ここから先はメノウが一人で行くべきだ。

「わかった、待ってる」

アカリの答えに微笑んで、メノウは自分一人だけ先に進む。

立ち止まったアカリから離れて、あと数歩で『塩の剣』に手が届く距離。メノウはつま先で水を跳ね上げる。足元を浸す程度の浅い水たまりだが、水量は必要ない。飛ばされた水滴が、なにも見えない空間にぶつかった。

ゆらり、と正面の景色に波紋が発生する。水をかけられた部分からペイントがはがれるようにして、女性が現れた。

導師《マスター》『陽炎《フレア》』。

姿を背景に溶かしていた待ち伏せていた導師《マスター》の導力迷彩を、メノウは見抜いていた。

「一人で来たんですか？」

「ああ。あのまま大聖堂にいれば、エルカミの命令で『竜害』の対処をさせられかねなかったからな。先に来て、待ち構えさせてもらった」

すんなり返答した導師《マスター》は、前にいるメノウと後方で固唾《かたず》を飲んでいるアカリを見て大きく口を開けて笑う。

「お前らは、二人か」

「はい」

メノウは落ち着いて言葉を返す。

「『塩の剣』を壊しに来たのだろうが……できるのか？　人を殺すことをためらうような、ひよっこが」

「できます。アカリとの記憶を取り戻したんです」

メノウが経験していない回帰した時間軸での記憶。いまだアカリとつながる魂の交歓。それを無駄なものにさせない。アカリにだって、この時間軸を失わせない。

「なるほど、導力接続か。それも、答えの一つだ」

導師《マスター》が心底、おかしそうに笑った。他者との導力接続。メノウがようやく、その真価の一端に触れたことを見抜いていた。

メノウもアカリの回帰中の記憶を受け取ることでわかったことがあった。

「導師《マスター》はアカリを殺すつもりがないですよね」

「よくわかったな」

考えればわかる。

どの時間軸にあっても、導師《マスター》はむしろアカリを殺さないように注意深く行動している。メノウがアカリを殺そうとすれば、メノウのことを殺すほどの徹底ぶりだ。

導師《マスター》にとって、アカリを暴走させることこそが重要なのだ。魔導の蒐集のため――だけなのか。導師《マスター》の真意まではわからない。

「お前の言う通りだ。トキトウ・アカリを殺すつもりはない。今回に限っては人　災《ヒューマン・エラー》化させればお終いだ」

「……人　災《ヒューマン・エラー》化させた後は、どうするつもりなんですか」

「どうするつもりもない。後のことは、私の仕事ではないからな」

言い切った導師《マスター》が、不意に腕を振るう。

横に一薙ぎ。振り抜かれた腕は、塩の大地に突き刺さっていた『塩の剣』に当たる。

この世でもっともおぞましく清らかな剣が、ばらばらに破損する。脆い外観を裏切ることなく千年の年月そこにあった『塩の剣』は、あまりにもあっさりと砕け散った。

メノウは絶句した。導師《マスター》はメノウの反応などに構わず、散らばった破片を丹念に踏みつぶす。かつて大陸一つを滅ぼした剣が、形を崩す。取り返しのつきようもなく、ただの塩となる。

「お前に壊すことは、できなかったな」

導師《マスター》が『塩の剣』を壊したのに、深い理由はない。

メノウが壊しに来たと言ったから、彼女は先んじて自分の手で壊した。いまの導師《マスター》にとっては無用の長物であり、メノウを否定して意気をくじくことに使えそうだから壊したのだ。もはや嫌がらせの域でしかない精神攻撃は、壊したものが唯一無二の『塩の剣』だというだけでメノウから言葉を奪うだけの威力があった。

「それで、メノウ。次にお前はなにをする?」

不死のアカリの殺害手段『塩の剣』を壊せば、それでいいのか。導師《マスター》から背を向けて一目散に逃げればお終いなのか。メノウがまだ言葉にしていない真意を、『塩の剣』を破壊することで引き出そうとする。

一度、導師《マスター》を殺すことを避けたメノウに問いかける。それがどれだけ貴重だろうと、それにどれだけの【力】が込められていようと、そこにどんな伝説が語られていようと――導師《マスター》『陽炎《フレア》』にとって、道具は道具でしかない。

メノウは大きく息を吐く。『塩の剣』を壊す。ここに来る前に吐いた言葉は、導師《マスター》によって打ち砕かれた。ああ、まったくやってくれたなと唸《うな》りたい。自分の心も言葉も誤魔化せない舞台に引きずり出された。

だからメノウは、言ってやるのだ。

「導師《マスター》がアカリを人災《ヒューマン・エラー》化させようとするのを、全力で止めます」

「どうやって?」

「あなたを、殺して」

メノウの返答に、迷いはなかった。後ろにいるアカリを守るため、自分がこれから歩こうとする道のため戦う意思は揺らがない。

「くはっ」

自分の意思で殺す相手を選べるようになったメノウを見て、大きく口を開いて笑った。

「それは、楽しみだ」

導師《マスター》が、後ろに手を回した。

教会のシンボルマークを留め金にして、神官服の胸元を留めているベルトの余り。そこに吊《つ》るして納めている短剣をゆっくりと引き抜く。

抜剣の動きは隙《すき》だらけだったが、飛びかかる気になれなかった。

わざとらしすぎて罠《わな》かと疑ってしまう。深読みのしすぎかと飛び込めば、致命傷を負う確信がある。浅薄も深慮も足かせになることを知っている者の動きだった。

メノウの中に形成されている人物像すらも利用するのが一流の処刑人、導師《マスター》『陽炎《フレア》』だ。

彼女は短剣の刃を下に向けて、手を離す。

自由落下をした短剣の切っ先は、塩でできた脆《もろ》い地面にあっさりと突き刺さる。導師《マスター》は続けざま柄を踏みつけにし、刃の根元まで食い込ませた。

短剣を踏みつけにした足裏から導力を流しこむ。

導師《マスター》の短剣に刻まれた紋章は二つ。【導枝】と【迅雷】だ。発動したのは、前者だった。

『導力：接続──短剣・紋章──発動【導枝】』

小刻みな振動に水面が乱され、天空の鏡が歪む。目に映る地中の異常に、メノウは意識を下方へと向ける。

ぼこり、と地面が盛り上がる。

水面をかき分け大地を構成する塩をまき上げながら導力の枝が伸び上がる。地面に突き刺さった短剣から根を生やす導力の枝は、導師《マスター》の操作によって瞬く間に一抱えはある樹木へと成長していく。

一本ではない。メノウの周囲で、導力の樹木が数え切れないほど芽吹き始める。さほどの時間もかけずに出来上がったのは、導力で造り上げた光り輝く樹林だ。

一本一本が導師《マスター》の意のままに動く樹木がメノウを取り囲む。

「これで死ぬなよ」

どこからともなく響いた導師《マスター》の声を合図に、全周囲から鋭くとがった枝が襲い掛かってきた。

身を翻《ひるがえ》したメノウの髪を導力の枝がかすめる。髪の毛数本の犠牲で初撃をしのぐ。休ませることなく、時間差で枝がしなって足払いを仕掛けてくる。

メノウの動きのすべてを、戦場から離れた場所にいるアカリは感じ取っていた。

導力樹林におおわれた内部を、アカリの位置から見通すことはできない。だが魂同士の導力接続の影響で、メノウの感情が五感とともにアカリへと伝わっていた。

メノウの肉体の鮮烈な動き、危険に襲われてもひるむことない精神の冷静さと魂から湧き上がる闘志。メノウが見て聞いて嗅いで感じているものがアカリにも共有される。

メノウは顔面を狙ってきた枝を短剣で弾《はじ》き、紋章魔導を発動させる。

『導力：接続――短剣・紋章――発動【導糸】』

短剣の柄から導力の糸が紡《つむ》がれる。これ単体で、なにかの攻撃を防げる魔導ではない。そういう意味では神官服に刻んだ【障壁】のほうが状況に適切だろう。

だが【導糸】の使い道は工夫次第でいくらでもある。メノウは攻撃を避けざまに、うごめく導力の木々に導糸を絡《から》ませる。

メノウの持つ短剣紋章の一つ【導糸】は、細くとも強靭《きょうじん》だ。動かせば動かすほどに、枝に絡んだ糸が複雑にまとわりついて動きを阻害する。

ぎしり、ときしむ音がした。

導力の木々の動きがもつれあって停止し、あるいは張り巡らされた糸に弾かれて妨害される。

まずは導師《マスター》がつくった森林地帯からの脱出が先決だ。導糸を張り巡らせたメノウは、ぴんっと張った糸を足場に飛び乗った。地面にはないしなりを味方につけて大きく跳ねる。張り巡らせた【導糸】を足場にトランポリンでも使うかのように、飛び跳ねる躍動感。自分ではできない動きが、アカリの心を躍らせる。

違うはずの人間とすべてを共有する感覚は、いままでにない不思議な体験だ。アカリではできない駆動に、考え。知らなかった世界を見せてくれるメノウの思考と動きに、アカリは不思議な心地よさと興奮を感じる。

『導力：接続（経由・導枝）――短剣・紋章――発動【迅雷】』

瞬く間もない魔導構築。メノウの横にあった導枝が、ほとばしる雷撃に変わった。絡めた導糸を焼いてメノウを狙い撃《う》ちにする。

アカリがはっと息を呑む。危ないっ、と小さく声が漏れる。

だがメノウにとっては予想の内だった。

アカリと違って導師《マスター》が即座に対応することに疑いを持っていなかったメノウは、寸前で別の導糸に手をかけて空中で方向を転換。頭上を打ち抜く雷撃の熱を感じながら、もう一跳ねする。

導師《マスター》の魔導構築速度はメノウと同等以上。普段の相手のように見てから後追いで防ぐ余裕はない。魔導構築の気配から【迅雷】の発動を感じ取り、糸を足場にした不規則な立体機動でかわし、前に進む。

すごい、とアカリは目を輝かせる。メノウがすごいことは知っていたつもりだった。だがメノウの視点に立つことで、より顕著にメノウのすごさを感じ取れる。彼女の判断力の果敢さ、導力操作技術の繊細さ。アカリにはないものが備わっている。

距離にして、五十メートルもない導師《マスター》がつくった森林地帯。時として雷撃に変わる樹林の間を、張り巡らせた導糸を使って抜ける。頬を撫でる風、重力を振り切って跳ねまわる生動がメノウの感覚をトレースしているアカリの心を浮き立たせる。

雷に焼かれることなく森を抜けた。メノウの視界が一気に開ける。広がるのは、空一色の光景だ。障害物はないというのに、導師《マスター》『陽炎《フレア》』の姿はどこにもない。

　メノウは迷わずに、一点に向けて吶喊《とっかん》する。

　なんで目に見えない相手の居場所が、というアカリの疑問はメノウから伝わる理屈で解消される。アカリがメノウの視界を共有していたように、メノウもアカリの視界を共有していた。導師《マスター》とメノウが戦う場所より、離れたところにいるアカリの視野は広くなっている。

　戦場を俯瞰するための、第三者の視点だ。

　これを活用しない手はない。メノウが導師《マスター》の居場所を探るために注視していたのは、アカリがまったく注意を払っていなかった水面だ。

　戦闘で発生した波紋が、不自然に跳ね返っている場所があった。目に見えずとも実体がある証拠だ。居場所が気取られたことを悟ったのか、導力迷彩が解かれて赤黒い髪の神官が現れる。

　いままで恐怖しか感じなかった相手。トラウマの象徴。

　導師《マスター》『陽炎《フレア》』を目にしながらも、アカリの心に恐怖はなかった。むしろ酔っているかのような興奮状態にあった。アカリが純粋概念を使う戦いとはまったく別の生身の戦闘。メノウの感覚をトレースすることで、まるで別人になったかのように、戦闘への爽快感がアカリのテンションを押し上げる。

　メノウが水面を蹴る。導師《マスター》に向かって、まっすぐに。短剣の紋章【疾風】を発動させて、さらに加速する。

心が猛る。短剣を握る指の感覚、疾走するスピード感。メノウと一体になったアカリは、自分が戦っているかのような興奮のまま、メノウが短剣を突き出す瞬間に叫んでいた。

「負けるなぁッ、メノウちゃん！」

――負けて、たまるかぁ！

聞こえないはずの距離にいるアカリの声を受け取って、メノウの戦意が猛《たけ》る。

叫ぶアカリの興奮に押されるがままに、自分の心も開放する。冷静さなんてかなぐり捨てて、闘志をむき出しにする。処刑人らしさなんて微塵もなく、真正面から気迫をぶつける。

金属音を立てて、刃がかみ合った。

つばぜり合いは一瞬だ。刃鳴りが収まる間もなく、二合、三合と。斬り合う二人を包む導力強化の燐光が、ぱっ、ぱぱっと天空の世界を彩る。

足元に水しぶきを散らしての、短剣闘術の応酬。一瞬の隙を突いたのはメノウだ。体ごとぶつかる刺突。心臓を狙った一撃が突き刺さる。

やったというアカリの思念とは裏腹に、メノウの手に人間ではない硬質な手ごたえが伝わる。人を刺した手ごたえとは決定的に異なる固さ。導師《マスター》は事前に発動した【導枝】を盾にし、導力迷彩で隠していた。

続けざまに、もう一つの紋章魔導が発動された。

『導力：接続――短剣・紋章――発動【迅雷】』

『導力：接続――神官服・紋章――発動【障壁】』

発動した【迅雷】と【障壁】とが相殺しあう。

同時にメノウは大きく飛びすさる。目の前の導師《マスター》とはまた別に、アカリの視界に気になるものが映っていた。

気がつけば背後にあった導力樹林の一部同士が枝を伸ばし絡まり合っている。

あれがまとまって襲い掛かってくるのか。そうと見せかけて、地中から来るのか。あるいはただの誘導で、導師《マスター》が背後から短剣を突き立ててくるのか。

いや、どれもが違う。

目の前で形成される無意味なほど秀麗な樹木のゆりかごを見て気がつく。

あれは、儀式魔導式だ。

『導力：接続――導力枝・儀式紋章魔導――発動【月桂の冠】』

月桂樹の蕾《つぼみ》が花開く。

いくつも咲き誇る華やかな花の中心から、光線が放たれた。

『導力：接続――教典・二章五節――発動【ああ、敬虔な羊の群れを囲む壁は崩れぬと知れ】』

防御に神官服の紋章ではなく、教典魔導を選んだのは正解だった。素朴ながら秀麗な導力の花が次々と咲き誇る。一輪が咲くごとに、時間差で正確にメノウの急所を狙って光線が放たれていた。

メノウでも知らない魔導だ。恐るべきことに――導師《マスター》の、オリジナルだろう。放たれる光熱は一発一発が致死性の威力を持ちながら、魔導効果の継続時間が長い。独創とは思えないほどに優秀な魔導だ。

なんという底知れない導力技術だろうか。駅舎で戦った時。やはり導師《マスター》はまったく本気ではなかったのだ。

それが、なぜか嬉しい。

メノウは浮き立つ心を抑えることなく、短剣を構える。感情的なアカリとつながっているせいか、戦闘中だというのに常にない興奮がある。

「まずは、っとぉ！」

『導力：接続――短剣・紋章――二重発動：【導糸・疾風】』

紋章発動と同時に短剣を投擲《とうてき》する。疾風で加速した刃が、導力樹林の一部に突き刺さる。

経路はつながった。遠く、戦闘を見守っているアカリへと導力を接続する。

『導力：接続――トキトウ・アカリ――抽出【力】――』

触れることもせず、つながった経路からアカリの導力がメノウへと補てんされる。

導力を引っ張られるのは肌を撫でられるような感覚がある。アカリと感覚を共有しているせいで、メノウにまでくすぐったさが伝わったのは予想外だった。

「ん、ぅっ」

ぴくりと肩を震わせながらも、アカリから引き出した導力は魔導構築には使わない。本来のメノウでは逆立ちしても生成できない莫大な【力】を、導糸でつながった導枝へと流し込む。

『流入【導枝】』

流し込まれた膨大な導力に耐え切れず、次々と破裂する。スマートさの欠片《かけら》もない力づくの対処だ。

導力の操作には経路が必要だ。メノウが【導糸】を発動させれば必ず柄から導力の糸が伸びるように、導師《マスター》の【導枝】も根は短剣にたどり着く。

地面から生えていたすべてが掃討された。

導力樹林の残骸が散らばる中で一人、導師《マスター》は佇んでいた。

「悪くない」

メノウの殺意に、導師《マスター》が微笑《ほほえ》んだ。知らず、メノウも笑んでいる。まだ戦えることが、なぜか嬉しい。

「だがな、メノウ。自分が生きると決めて、挙句に『迷い人』を生かそうとする。お前は、それでいいのか?」

前回の戦闘同様、メノウの心を揺さぶるために核心を突いてくる。

メノウは処刑人として生きてきた。

殺してきた人々に対して、罪悪感はないのかと問うている。

「罪悪感はありますし、自分が間違っているとも思います」

メノウは即答した。

アカリを助けるのならば、もっと早く第一身分《ファウスト》を裏切ればよかったのだ。いまさら人助けなど、どの面下げてと理性が呟く。殺してきた彼ら彼女らに顔向けできない。ともすれば、自分の喉に短剣を突き刺して死にたくなるような罪悪感がメノウを襲う。

いつか死にたいという心が、メノウの中にずっと存在した。

けれどもメノウの自罰感情を超えて、アカリから生きてほしいという願いが流れ込んでくる。魂のつながりから伝わるアカリの気持ちが、立ち止まろうとするメノウの背を押す。

だから、言える。

「それでも、私に生きろというやつがいるんです」

「ふん……トキトウ・アカリの人災《ヒューマン・エラー》化はどうするつもりだ？」

「私がアカリと一緒にいることで、純粋概念を使わせません。なんなら、私が導力接続でアカリの記憶を補完します」

メノウはアカリの魂と導力接続することによって、彼女の記憶を保持している。過去に失った記憶は取り戻せないが、これからアカリが純粋概念を使って失いかねない記憶はメノウの中にあるのだ。

「お前を信頼しきっている【時】に限れば、人災《ヒューマン・エラー》化はないということか。なら、これからも来訪し続ける他の異世界人どもはどうする？　その全員と友好を深めて、異世界さながら、仲よしクラスでもつくれば問題は解決かもな。はっ！　……夢物語もいいところだぞ」

言われるまでもない。メノウ個人ではアカリ一人の人災《ヒューマン・エラー》化を防ぐので精いっぱいだ。

だがこれからも来る彼らへの対応だって、まったく考えていないわけではない。

「導師《マスター》も言ったじゃないですか。『お前は、生きる道を間違えている』って」

「いまさら、やり直せるとでも？」

「……私は昔、自分には世界を変える力がないから、誰かの代わりに泥をかぶろうと決めました」

それは幼い日の誓いだ。導師《マスター》の統括する修道院に引き取られて、人殺しの訓練を受ける少女たちが少しずつおかしくなっていくのを見てメノウは誰かの代わりに人を殺そうと決めた。

そうすれば誰かが善い人を殺す機会が、ほんの少し減るから、と。

メノウにだって処刑人としての使命感はある。禁忌を処理することで無辜《むこ》の人々を守っていたことも事実だ。誰かのために誰かを殺すことは、決して、間違いばかりではない。

けれども、ただ喚《よ》び出されただけの異世界人に対しては、違う方法だってあったのだ。

だからメノウは、やり方を変えることを決意した。きっとこれからも誰かを殺す。誰かのために誰かを殺す処刑人であることには変わりない。ただ第一身分《ファウスト》の定めたルールに従う処刑人ではなくなる。

メノウの目指す道は、一つ。

異世界人を殺すわけでもなく、多くの犠牲を出して彼らをもとの世界に送還するわけでもない。

「異世界人召喚という概念を殺してみせます」

異世界人を、そもそもこの世界に召喚させないことで、純粋概念という禁忌自体を世界から殺す。人為的な召喚だけではない。自然発生する異世界人の召喚も、原理を突き止めなくしてみせる。新たな魔導を蒐集している【使徒《エルダー》】ならば、自然召喚の理まで知っている可能性だってある。

誰かのために泥をかぶるのならば、これからのメノウは『善い人』である異世界人のために、この世界の誰かを殺して仕組みを変える処刑人となる。

「だから、導師《マスター》。私はこれから――世界を変えるような力を持って、アカリと一緒に『迷い人』を助けます」

「……は」

導師《マスター》が、絶句した。目を丸くして迷いのないメノウの表情を、まじまじと見つめる。

次いで、肩を震わせ哄笑した。

「く、くくく、くはっ、ははははは！　世界を変えるような力だと？　お前が、そこの【時】

と一緒に？　『迷い人』と助ける？　くはははははは！　――お前は、ほんとうのほんとうにバカなんだな」

言葉通りに、信じられないバカを見る目だった。くつくつと笑みを残したままの導師《マスター》にメノウは問いかける。

「そういう導師《マスター》は、どうして人を殺しているんですか」

「私か？」

勝ったら、二度と問いかけはできない。

負ければ、導師《マスター》はメノウを殺すだろう。助けようとしたアカリも人災《ヒューマン・エラー》として暴走し、助けてくれたモモも殺される。だからメノウは、今度こそ後悔のないように、自分がこれから殺す相手の心に触れる問いを投げる。

「簡単さ。誰かに、人を殺せと言われたからだ」

導師《マスター》が明かしたのはあまりによくある答えだった。

命令されたから殺した。処刑人となった神官の誰もがそうであるという返答だ。

「意外なことにな、私は、自分の意思で人を殺したことは一度もないんだ」

誰かを恨んで殺したわけでも、正義感に駆られて刃を振るったわけでもない。決まりごとに従い人を殺す彼女は、一種、社会機構の歯車だった。

「教えられるがまま人を殺した。誰かに命令されるがまま人を殺した。定められた規則に従うがまま人を殺した。高尚さもなく、目的もなく、意味もなく、恨まれようとも憎まれようとも構わずに、報いも称賛もなく殺した。友人を殺した時すら、そうだ。私はあいつが禁忌だから殺した。私はただそれだけだった」

彼女はどこまでも処刑人らしく任務に準じ続けた。

自分の確固たる意志で処刑人としてあるわけではなく、処刑人として振る舞うがままに人を殺していた。

誰かを殺す度に処刑人として完成して、処刑人として人殺しの果てにたどり着いて行き詰まったのが、導師《マスター》『陽炎《フレア》』だった。

「罪悪感もない。絶望もしていない。人を殺そうとも、私はなに一つ変わらない。私は初めて人を殺してからずっと、私のままだ。わかるか、メノウ。私という存在がのうのうと生き延びていることこそが、この世界に天罰などないことの証明だ」

ああ、と理解が及んだ。

かつての教えがよみがえる。救いなく、正しさもなく、報われることもなく、称賛されることもなく、惜しまれることなく、憎まれ恨まれ禁忌を殺してきた伝説の処刑人『陽炎《フレア》』は

――使い捨てられることだけは、なかった。

メノウに教えながらも、『陽炎《フレア》』が実践していなかった言葉。

そこに導師《マスター》の願望があった。

「私は、そんな悪人だ」

導師《マスター》は、自分が悪人であることを知っている。だから導師《マスター》は、メノウを育てたのだ。

彼女が求めているのは、罰だ。死にたいわけではない。自分が全力で抗って、最善を尽くして、それでもどうしようもなく逃れようがない罰がくだるのを待っている。

処刑人として使い捨てられることのなかった導師《マスター》『陽炎《フレア》』は、鏡映しになった己自身のような人間に殺されたかったのだ。

彼女の求める心を知って、メノウのためらいが溶ける。

「導師《マスター》。もう二度と『迷い人』をこの世界に来させないためには、どれほどの犠牲が必要ですか」

「『主』に背いて【使徒《エルダー》】を殺せ」

悩むことなき即答だ。きっと導師《マスター》は、とっくの昔に世界を変える手段の答えを得ていて、けれどもずっと、実行できなかった。

だって、彼女は処刑人なのだ。

世界を救う機能は、彼女の魂にも、精神にも、肉体にも備わっていなかった。

「そうすれば、おのずと世界は変わる。私は、【使徒《エルダー》】の一人すら殺せなかったがな」

ならば、メノウがその道の先を行く。その決意が言わずとも伝わったのだろう。

「メノウ。お前は、一丁前の処刑人だった」

「はい」

「それが、トキトウ・アカリとの時間を得て幸福によりすべてが壊れて組み変わった」

「はい」

「だから、覚悟しろ」

導師《マスター》が左手に持つ教典が導力光を帯びる。いままで使ってこなかった武器。ここから、本当の真価が発揮される。

「いまこの時、私を殺さねば、お前は死ぬ」

メノウは無言のまま短剣を握った右手をまっすぐと突き出す。

『導力：接続——紋章・短剣——発動【導糸】』

紋章起動により生成された導力の糸が、ひゅるりと吹いた風に舞い上がって螺旋を描く。

踏み越えるべき道で二の足を踏む真似は、もう二度とするつもりはない。

「行きます」

「来い」

かつての幼い日、導師《マスター》になると決めた約束の地で。

『あなたになりたい』という幼い言葉を覆すための戦いが、始まった。

『迷い人』トキトウ・アカリが見守る中、導師《マスター》『陽炎《フレア》』とメノウの決戦が始まった頃。

メノウが素通りした円柱形の建物に入り込む人影があった。

聖地が消えた後に残った、もう一つの建物。より重要な施設に侵入を試みたのは、マノン・リベールである。

まず出入り口の扉に阻《はば》まれたマノンは、とぷんと肉体を影に沈ませる。

実体が消えたというのに影だけが残り、平面存在となってするりと扉の隙間《すきま》を抜ける。扉を通り抜ければ、また肉体を持ち上げた。聖地の消えたいま、魔導的な防御は一切ほどこされていない。影を操るマノンにとって侵入は容易だった。

中は、意外と明るかった。

外から光を取り入れる構造ではないからこそか、導力灯がふんだんに配置されている。聖地が消えたいまとなってすら、なんらかの仕組みで稼働し続けていた。

中に入り込んだマノンは、下に視線を向けた。

内部の中心には、ぽっかりと穴が空いていた。

外観からは平屋建ての建物に見えたのだが、内部に入ってみれば施設の真価は、地下へとつながっていると見てとれる。円柱形の中心がぽっかりと空き、底も見えぬほどの深さに続いているのだ。

四方の壁を天井まで埋め尽くす本棚は、豪勢な書店か蔵書豊かな図書館か。ずらりと並ぶ本の一冊一冊が、誰《だれ》かの記憶だ。

『星の記憶』。

肉体・精神・魂のすべてに関係する導力には、知性あるものの記憶が残っている。蒐集《しゅうしゅう》した記憶を製本し、貯蔵する。目に見える形にして、時に消費する。

世界の記憶の保管庫だ。

千年前の古代文明には、人の記憶を情報として保持する技術が確立されていた。

それによって、記憶が消えて人災《ヒューマン・エラー》と化すリスクはなくなっていた――はずだった。

ではなぜ、四大人災《ヒューマン・エラー》と呼ばれる災害が起こったのか。

なぜ『星の記憶』と呼ばれていた施設が残されることなく、ことごとくなくなったのか。

四大人災《ヒューマン・エラー》ともう一人が、その施設を使って元の世界に帰るために猛威を振るったからだ。

彼らと世界との戦いのなかで、記憶の補てんができる施設は閉鎖された。

記憶の供給を途絶えさせることで四人の魔導行使を制止しようとして――結果は、最悪のものとなった。

四大人災《ヒューマン・エラー》が生まれた末に残った施設は一つだけだ。

千年前、四大人災《ヒューマン・エラー》と呼ばれた者たちに記憶の補てん装置を利用させないために、展開した結界。暴走した四人を討滅するための牙城となった結界都市。

聖地と呼ばれる巨大な魔導結界は、ここを守り、隔離するためだけのものだった。

大陸中の記憶を蒐集している。人の記憶を残し続けることで、大陸の動向を管理している。

「……ここ、ですか」

地下へ、地下へと螺旋階段を下りていたマノンは、施設の底にたどり着いた。さらに四方へと保管施設は伸びているようだが、そこまで散策する必要はなくなった。

そこに、一人の女性がいた。

彼女はマノンの入室の気配に、顔を上げる。前髪が伸びすぎているせいか、顔つきはわからない。特徴的なほどの長さを持つ髪の色は黒で、着ている服はマノンが知らない様式だ。

「あれ?」

施設の中心にいる人物はマノンの来訪を見て不思議そうな声を出した。

「誰、君？　なんでアカリちゃんじゃない人が来ているのかな。『陽炎《フレア》』はどうしたの？　エルカミは？」

彼女の問いかけをマノンは無視した。返答する必要性を感じなかったし、聞かずとも彼女の正体は察することができた。

「あなたが、ここの管理人ですか？」

「ボク？　管理人と言われれば……うん、まあ、そうだね」

くすくすと笑った。マノンが問いかける内容がおかしいと言わんばかりだ。

「君の名前、そう。そうだったね、マノン・リベールだ」

「ご名答です。ご存じなのですね」

「うん。ボクの目が見て脳に記憶されていたから、知っているよ。君が生き残るのって、珍しいよね。おめでとう」

「……」

耳に届く声色、いまの発言内容に、マノンは目を細める。やはり、という確信が深まった。

「あなたが『星の記憶』の管理人でしたら、わたくしの探し物が、どこにあるかご存知ですか？」

「知ってるよ。これでしょ？」

彼女が手を向けると、本棚から本が自動的に取り出される。ふわりと重力を無視して宙に浮いた本は、すとんと手元に落ちてきた。

人の記憶を形にした本は、メノウが持つ教典によく似ている。もしかしたら、装置としては同じものを利用しているのかもしれない。

目的のものがすんなり手に入ったことに、目を瞬く。

「どうも、ありがとうございます。……偽物だったりしませんよね？」

「失礼だなぁ。偽物じゃないよ。どうするの、それ」

「持ち帰ります」

興味本位とわかる問いだ。どうやら彼女に、マノンを邪魔する意思はないらしい。

「ついでですが、メノウさんの子供の時の記憶はありますか？」

「ないよ、そんなの」

おや、と首を傾げる。

「ここには、大陸中の人の記憶があるのでは」

「うん。だから、そんな記憶は存在しないんだよ」

大陸中の記憶がある。

ここが記憶の補てん装置である事実を認めて、メノウの幼少期の記憶がない理由を明かす。

「だってアレ、完成した時点で五歳くらいに調整されてるから、それ以前の記憶なんてどこにもないよ」

それを聞いてマノンの胸中に湧き上がったのは、やはりという納得だった。メノウへとしつこいくらい自分のルーツを確認するようにと忠告していた理由でもあった。

「アレは『目』で『脳』の一部なんだ。ここから離れられないボクに代わって、いつか来るはずのアカリちゃんと旅するための『私』。『目』と『脳』を合わせてメノウって名乗ってるのは、中途半端に役目が精神に残ったんだろうね。ちょっと笑っちゃったよ」

聞いていて、なぜか背筋がぞわぞわする台詞だ。名前ではなく役目だというのはどういう意味か、さらに追及しようとしたマノンは相手の手にあるものに気がついた。

一度死んで以来、マノンの生命を維持している影。

それが、黒髪の少女の手にある。

「【無】の擬似概念だね。純粋概念の持ち主だった肉体を素材に使った原罪魔導で、生命維持の対価を払ってある」

自分の命が、握られている。

マノンの邪魔をするつもりがないなんて、とんでもない。最初からマノンのことを逃がすつもりなどなかったからこそ、彼女はぺらぺらと話していたのだ。

だが、そんなことはどうでもよかった。マノンは無言で近づき、彼女の前髪を上げる。そこにある顔を、マノンはよく知っていた。

ここにいる彼女の顔を見て、マノンが抱えていた疑問は氷解した。

「ああ、やっぱり」

一番、知りたいことを知れた。

自分がメノウに告げたことだ。

彼女のアイデンティティは、大聖堂の秘奥にあった。やはりメノウは、自分が知らないことを知るべきだ。

「あなたは……教典に書かれる第一身分《ファウスト》の祖、『主』ですね」

「そうだよ。『万魔殿《パンデモニウム》』と行動をともにしている君には純粋概念【白】と言ったほうが、通りがいいかな」

彼女は、なんでもない口調で正体を明かす。

目の前の人物こそ、四大人災《ヒューマン・エラー》を討滅した異世界人――純粋概念【白】。教典に描かれている文明の復興者である『主』。

彼女の手の中で、地面から引きはがされたマノンの影が、じわじわと握りつぶされる。抵抗はしているのだが、意味は薄い。相手のほうがはるかに格上だ。

命が削れていく。重ねた原罪、積み上げた死が浄化されていく。マノンの力では抗えない。

二度目の死から逃れられないことを悟ったマノンは、小さく息をはいた。

思い残すことはあるが、まあ、仕方ない。すべてをやりきれるなど、微塵も思っていない。

死んでも残るものは、ある。ならば上等だ。

「【白】さん。メノウさんは、あなたの――」

最期の言葉を言い切る前に、ぐしゃり、と影が潰された。

マノンの体が糸の切れた人形のように崩れ落ちる。

マノンの命を握りつぶした少女は、薄く微笑《ほほえ》んだまま歩きだす。

「『主』とか、純粋概念【白】とか、本当はどうでもいいんだ。メノウって名前がついているアレなんか、もっとどうでもいいよ」

聞く者がいなくなった空間で、一人呟く。お目当ての人物は来なかった。ならば、自分の足で向かうかと、出口に向かう。地下から階段を上り、マノンの残骸を手で払いながら外に出る。

「ああ、早く帰りたいな。懐かしの西彫《にしぼり》学園に」

『主』の帰還。エルカミが邪魔をさせないと言い、導師《マスター》『陽炎《フレア》』も同意した言葉の意味を独白する。

隠遁した『主』が、また表舞台に立つのではない。

いつの間にか『主』と呼ばれるようになった異世界人が元の世界に帰還するためだけの、長大な計画。

「アカリちゃんといられた、一年三組の教室に」

日本に、帰りたい。

セーラー服を着てメノウと同じ顔をした少女は、機嫌よく呟いて、階段をまた一段、登った。

＊＊＊

多くを忘れてしまったアカリは、かろうじて覚えている。

日本にいた頃に、ある日突然、友達がいなくなった。

アカリはその子と仲がよかった。そんな記憶だけは残っている。ある日、ぷっつりと行方《ゆくえ》知れずになってしまった。家出だ、事件だ、神隠しだ。周囲は盛んに騒いだ。

一週間たち、一カ月が経《た》った。

アカリは彼女の席を教室に残すように頼み込んでいた。

その席に花が置かれたのは、決して嫌がらせではなかったんだと思う。もし嫌がらせだとしても、席を教室に残すことにこだわったアカリへの嫌がらせだったはずだ。

けれどもアカリは許せなかった。

いなくなった友達にこだわり続けたアカリはクラスで孤立した。孤立してでも、彼女と友達だった感情は忘れたくなかった。

異世界に召喚されて純粋概念を使い続けたアカリは、記憶を消費し続けた。

その友達の顔も名前も、いまのアカリには、思い出すことはできなかった。

この世界に初めて転移した時――メノウの顔を見て、運命的に出会えたと呼んだ誰かの名を。

アカリはとっくの昔に純粋概念に溶かして消していた。

あとがき

皆様お久しぶりです。『処刑少女』シリーズも五巻目。最後まで読んでくださった方々が「嘘やろ?!」と目を疑うような場面でこの巻を閉じていることからお分かりでしょうが、『処刑少女』はまだまだ続きます。

今回も素晴らしい表紙イラストから挿絵までを仕上げてくれたニリツさん、馬車馬がごとく働いている編集ぬる氏、関係各所の皆様方にはご迷惑をおかけしてばかりでお礼の言葉がどれだけあっても足りないほどです。

そしてなによりメノウたちの旅を追いかけてくださった読者さまに、朗報がございます。

なんと『処刑少女の生きる道《バージンロード》』がTVアニメ化決定とのことです!

映像化ということで、私の作家人生でこれまでにないほど多くの方々が作品に関わることとなりました。多くの人たちが喧々諤々、『処刑少女』の映像化をいいものにしよう、面白いものにしようと頑張ってくださっています。

メディアミックスという原作者一人では決して広げることができない領分が進んでいくのは、

とてもありがたく、わくわくと胸が躍ります。

三ツ谷先生の手がけたコミカライズ版『処刑少女』も、二月九日に発売となっております。一コマ一コマ、それはもうメノウたちの表情から仕草が日常シーンはかわいらしく、戦闘シーンはカッコいいの連続で展開されています。すでに書店に並んでおりますので、是非にご覧ください！

表紙でメノウも立ち上がり、塩の大地にたどり着いた五巻。続く次回の六巻で、一つの決着がつきます。

どうぞ、楽しみにお待ちください。

彼女は、失敗した。

ファンレター、作品の
ご感想をお待ちしています

〈あて先〉

〒106－0032
東京都港区六本木2－4－5
SBクリエイティブ（株）
GA文庫編集部 気付

「佐藤真登先生」係
「ニリツ先生」係

本書に関するご意見・ご感想は
右のQRコードよりお寄せください。

※アクセスの際や登録時に発生する通信費等はご負担ください。

https://ga.sbcr.jp/

処刑少女の生きる道《バージンロード》5 —約束の地—

発　行	2021年2月28日　初版第一刷発行
	2022年3月2日　第二刷発行
著　者	佐藤真登
発行人	小川　淳
発行所	SBクリエイティブ株式会社

〒106－0032
東京都港区六本木2－4－5
電話　03－5549－1201
　　　03－5549－1167（編集）

装　丁	AFTERGLOW
印刷・製本	中央精版印刷株式会社

乱丁本、落丁本はお取り替えいたします。

定価はカバーに表示してあります。

ISBN978-4-8156-0936-8
Printed in Japan

GA 文庫

第15回 GA文庫大賞
GA文庫では10代～20代のライトノベル読者に向けた
魅力あふれるエンターテインメント作品を募集します！
世界を書き換えろ！
イラスト／ファルまろ
大賞賞金300万円＋ガンガンGAにてコミカライズ確約！
◆募集内容◆
広義のエンターテインメント小説（ファンタジー、ラブコメ、学園など）で、日本語で書かれた
未発表のオリジナル作品を募集します。希望者全員に評価シートを送付します。
※入賞作は当社にて刊行いたします。詳しくは募集要項をご確認下さい。
応募の詳細はGA文庫
公式ホームページにて
https://ga.sbcr.jp/